经典 名著
让阅读更有意义

柳林中的风声

[英] 格雷厄姆◎著

杨玲玲◎编译

汕头大学出版社

图书在版编目（CIP）数据

柳林中的风声／（英）格雷厄姆著；杨玲玲编译
. -- 汕头：汕头大学出版社，2018．3（2022.1重印）
ISBN 978-7-5658-3375-5

Ⅰ．①柳… Ⅱ．①格… ②杨… Ⅲ．①童话-英国-
现代 Ⅳ．①I561．88

中国版本图书馆 CIP 数据核字（2018）第 007061 号

柳林中的风声　　　　　　　　　LIULINZHONGDE FENGSHENG

作　　者：（英）格雷厄姆
编　　译：杨玲玲
责任编辑：宋倩倩
责任技编：黄东生
封面设计：三石工作室
出版发行：汕头大学出版社
　　　　　广东省汕头市大学路 243 号汕头大学校园内　邮政编码：515063
电　　话：0754-82904613
印　　刷：三河市天润建兴印务有限公司
开　　本：690mm×960mm 1/16
印　　张：12
字　　数：173 千字
版　　次：2018 年 3 月第 1 版
印　　次：2022 年 1 月第 2 次印刷
定　　价：59.80 元
ISBN 978-7-5658-3375-5

导　读

　　格雷厄姆，本名肯尼思·格雷厄姆，出生在苏格兰的爱丁堡，5岁丧母，父亲不久也去世了，他们几个兄弟由亲戚抚养。中学毕业后，格雷厄姆没有钱念大学，后来进英格伦银行工作。他喜爱文学，用晚上和假日的时间写作。业余时间，格雷厄姆还喜欢研究自然，这正好为他后来写这部以动物为主角的童话准备了丰富材料。

　　格雷厄姆40岁结婚，次年其子出生，但他的独生子在20岁时过世，格雷厄姆和妻子从此过着隐居的生活。格雷厄姆喜欢自然和文学，业余研究动物和写作，从1887年起开始发表散文，相继出版了以自己童年经历写成的《黄金时代》和《梦幻时光》。

　　1908年，格雷厄姆在银行被一个疯子枪击受伤，只好退休。格雷厄姆于1932年7月6日去世。

　　格雷厄姆为了给绰号叫"小老鼠"的独生儿子讲故事，他编了一个以动物为主角的童话，儿子听得十分入迷。

　　后来他认为伦敦夏天的天气不好会影响儿子的健康，所以决定要儿子和妻子到海边避暑，可是儿子却不愿意走，因为这样就听不到他讲的故事了，于是他把故事写了下来，寄给儿子，请他的妻子每天晚上念给儿子听。

在友人的建议下，他将这些故事改写成书，于1908年出版，这就是《柳林中的风声》这本书。

本书出版后，多次重印再版，赢得了很大的声誉，被誉为英国散文体作品的典范，也使格雷厄姆成为英国文学史中的重要作家。

在绿草如茵的森林里，鼹鼠经历了一系列惊险，它还结交了水老鼠、老獾、蛤蟆等朋友。蛤蟆依仗父亲的遗产，不务正业，一次又一次地闯祸。水老鼠、老獾这些朋友帮助教育都无济于事。

蛤蟆又闯祸了，他不但坐了牢，连蟾宫也被野树林的黄鼠狼、白鼬占据了。

蛤蟆逃出监狱，在水老鼠、老獾、鼹鼠这些朋友鼎力帮助下，最终挫败了黄鼠狼侵占蟾宫的目的，同时也成就了它们之间一段深厚的友谊。

本书于1908年出版，后来引起美国总统罗斯福的注意，他写信告诉作者，自己把《柳林中的风声》一口气读了三遍。

格雷厄姆酷爱大自然，在他的笔下，对大自然的描写极其流畅、丰富、多姿多彩，本书也因此被誉为英国散文体的典范。

阅读本书我们可以看到动物们丰富多彩的生活故事，还可以看到柳林中动物们的友谊。本书告诉我们，在和朋友相处的时候，要团结、和睦，要像小动物一样，共同爱护我们美好的自然家园。

我们还可以体会到作者想表达的动物们对人类的那种深沉的、执着的爱和信任。也告诉人们，在与人相处时，应多一些宽容大度，彼此之间要多一些理解。

目　录

春天来到河岸…………………………………………… 001

奇妙的旅行……………………………………………… 016

野树林的奇遇…………………………………………… 032

老獾先生………………………………………………… 045

重新回到家园…………………………………………… 061

蛤蟆先生………………………………………………… 072

黎明前的笛声…………………………………………… 086

蛤蟆初次历险记………………………………………… 099

旅游到天涯……………………………………………… 115

蛤蟆二次历险记………………………………………… 130

蛤蟆的归来……………………………………………… 152

快乐的结局……………………………………………… 174

春天来到河岸

北欧的动物，不到春天是决不会出来的。鼹鼠的家在深深的地底下，整整三个月，他足不出户地待在家里过冬。这会儿，鼹鼠闲得发慌，右手拿了把扫把，左手拿了个畚箕，肩膀上还披着一条长长的抹布。从他的样子看，就知道他是要大扫除了。

他先扫地，接着是擦桌椅，干完这些就不知道做什么了。鼹鼠想了三秒钟，决定要拖地板。他先把拖把打湿、拧干，然后就开始拖了。

刚才的一次劳动已经把他弄得筋疲力尽了。鼹鼠想：哪天拖地都行，何必在这一天累自己呢？他收拾好拖把，轻轻松松地坐在椅子上，口里哼着小曲：

春神来了怎知道？

冬雪融化小草冒。

春神来了怎知道？

小鸟枝头高声叫。

"春神来了……"

就在这个时候，一股奇妙的"气味"，哦！或许应该说是"气氛"更恰当吧！悄悄地钻进了深深的泥土，潜入了鼹鼠的家中。

鼹鼠停住歌唱，愣了一会儿。"来了，真的来了。"他从椅子上弹跳起来，恨不得立即飞奔出去。

他努力地清除地道，四只小爪忙碌地又刨又挖，尖尖的嘴巴还一面"嘀嘀咕咕"地自语："我要出去，我要出去……"

最后，鼹鼠尖长的嘴首先露出地面，太阳暖暖地照在他身上。

"哟嗬！"他自顾自地欢呼道："好棒喔！"

鼹鼠高兴地在地上打了好多滚儿，突然，他听见了各种微妙的声音，鸟叫声、动物谈话声、甚至还听到了小草钻出地面的声音。

草原上的各种声响交织成了自然美妙的声音。这儿是如此的明朗舒畅，但自己的家却是那么阴暗潮湿。鼹鼠决定忘记大扫除的事，欢快地冲向灌木丛，正好撞到了树后的兔子。

"好兔子不挡路。"鼹鼠吐了吐舌头。

"你……"兔子气得舌头都打结了。

"对不起！"鼹鼠补了一句，一溜烟连身影都瞧不见了。

鼹鼠穿过树林，看见花朵在开放，鸟儿在安家，虫子在草丛跳舞，小草发出嫩芽，一切都在春天中欢快地进行着。

鼹鼠漫无目标地闲逛，不知不觉中愈走愈远。他绕来绕去地越过一丛野草，突然停下脚步……事实上，鼹鼠也不得不站住，因为他的面前正横着一条又细又长的水。

鼹鼠见过大雨后洼地上一滩又一滩的积水，但是从来没有看过这么长的一条水，长得像一条蛇的水。

鼹鼠并不知道它是一条河，只能看着它的水面倒映着光影。鼹鼠沿着河岸默默观察它——在宽敞平坦的河床上，河水缓缓地流动，就像是一位正在悠闲散步的绅士。

当河水行经凸出的岩石时，顿时水花四溅，宛如舞意正酣的舞者，摇晃裙摆。当河水流过狭小的河床时，欢快地奔腾着向前流去。

鼹鼠走累了，就在岸边坐下来。波光粼粼、水声潺潺，河水仍然上演着它的剧目——那是大自然藏在心底的故事。鼹鼠看了好一阵子，一点也不觉得厌烦。

坐在草地上的鼹鼠看见在河对岸的水边有一个黑黑的洞口，这个神秘的洞引起了他的注意，他眼睛直勾勾地盯住那个洞，忍不住遐想得出了神。这个在隐藏在草丛中又挨着水的洞，对于喜欢水的动物来说再好不过了。

鼹鼠仔细地打量着洞口，突然洞里仿佛有小小的亮光闪了一下。鼹鼠眯着眼睛瞧了又瞧，嘴里还喃喃自语："到底是什么东西呢？"

那亮光又闪了几闪，露出一对乌溜溜的小眼睛，接着是带着几根胡须的小鼻头，最后露出了一张棕色的小脸。

"我是一只水老鼠，不是随便的什么'东西'！"洞口有只水老鼠谨慎地瞧着鼹鼠。

"嗨！你好。"鼹鼠有些不好意思地说，"我是一只鼹鼠，名叫安安。"

"你好！"水老鼠点了点头："我叫水老鼠。你愿意过到河这边和我一起玩吗？"

"啊！不必了，我们就站在这儿聊聊吧！"鼹鼠根本不知道要怎么样才能过"河"。

水老鼠没有说话，拉开绳子跳进了一艘外面是蓝色，里面是白色的小船，而这艘小船刚好能容下两只小动物。

鼹鼠从来没见过，也没想过船是什么样的，他的心情掺杂着好奇、兴奋和一丝丝紧张。

水老鼠摇着船桨，迅速地划向对岸，伸出前爪，招呼鼹鼠上船。"拉住我的右爪，不要怕，"水老鼠说："轻轻地踏上船来！"

刚跨出一小步，鼹鼠就发现已经在船上了，他兴奋地不知怎样才好了。"太奇妙了！"鼹鼠看着水老鼠把船推离岸边，"水老鼠，我这辈子从来没有想到能坐着船到处逛逛。"

"什么？"水老鼠惊讶地问，"那你平时都做什么呢？"

"大部分时间我都在地底生活。"鼹鼠一面和水老鼠聊天，一面上下打量着船上的装备。"地底可以任意挖隧道，冬天好暖和喔！"

水老鼠摇摇头说："我不能想象，没有船的生活会是多么的无趣……"

"没你想的那么糟，"鼹鼠疑惑地看看船桨、船舱，又抬头看看水老鼠认真的表情，"水老鼠，你把坐船、划船当作天下最奇妙的事吗？"

"再过一会儿，不需要太久……"水老鼠不急不忙地说："你就会承认船上生活的多彩多姿了。"

他熟练地划着桨，小船飞快地在水面上前进。两岸的景物纷纷往后退，鼹鼠目不暇接地望着，心里早就承认水老鼠说的——乘坐小船看风景，让他发现了一个新的世界。这种感觉真是奇妙无比。

"我说得没错吧！"水老鼠注意到鼹鼠脸上流露出陶醉的表情。"告诉你，好玩的还在后头呢！像这样的天气，我们在河上悠闲地荡着桨划着船，凉爽的春风混杂着清新的草香向我们袭来。生活中的烦恼不论大小全都抛到脑后，留在船舱里的尽是愉快的、幸福的感觉。你一定会……"

忽然"哗啦"一声，随着自己举高的手势，水老鼠被转弯处一根横生的树枝打落到河心。

鼹鼠吓了一大跳，赶忙把他拉上船来。水老鼠湿淋淋地爬进船舱，却还是笑嘻嘻地继续发表高论："你一定会爱上这样的生活的，虽然偶尔有一点小小的意外，但那又有什么关系呢？无论如何，河上的生活还是非常有趣的。"

鼹鼠被水老鼠说动了。"水老鼠落水"的插曲已经被他迫切向往的心情掩盖了，他早已不记得自己从没见过河水，也不会游泳的事实。

"走吧！我们继续前进！"鼹鼠十分幸福地呼出一口气，瞪了蹬腿，撑着两只前爪，把整个身体靠在椅垫上。"让我们尽情地享受吧！"

"别急，快乐的郊游不能没有美味的野餐。"说着水老鼠把船摇回他的小洞。没有多久，就看见他拎着一个好大的竹篮子，摇摇晃晃地走出洞口。

鼹鼠发现必须伸出两只手才能拿住那个篮子，"篮子里都装了些什么？"鼹鼠忍不住好奇地问。

"里面有鱼排汉堡、火腿三明治、烤鸡腿、牛肉冻、什锦泡菜、橘子汁……"水老鼠拨拉着他的右爪，一一数给鼹鼠听。

"太棒了，这么多食物是给我们两个吃的吗？"鼹鼠兴奋地有些不敢相信。

"一点都不多，"水老鼠郑重地回答，"这些只是我平常短程旅行带的。要是被蛤蟆戴利看到，还要说我太节省了呢！"

鼹鼠没有听进水老鼠说的话，他正看着和听着眼前的一切，都是那么的新鲜。鼹鼠睁着眼出了神，左爪放在水里，沿路拖曳出一道水纹。水老鼠是一只好脾气的水老鼠，他安静地划着船并没有去打扰朋友的白日梦。

过了半个小时，水老鼠才忍不住开口："鼹鼠，你这身毛皮实在太美了。将来等我有了钱，也要买一件黑丝绒的外套来穿穿。"

"对不起，请你再说一遍。"鼹鼠刚刚从幻想中醒来，"希望你不要见怪，这一切对我来说都那么的新奇。我从来不知道——在一'个'河上，会有这么多有趣的事。"

"是一'条'河，鼹鼠。"水老鼠纠正他用的语词。

"你真的是住在河边，每天过着惬意的生活吗？"鼹鼠无限欣羡地问。

"我不仅是住在河边，而且是跟河生活在一起，生活在河的岸边、河的水里……它就像我的爸爸、妈妈、兄弟姊妹一样，提供我吃的、喝的，而且陪伴我。它和我有着密不可分的关系，它就是我的全部，只要能生活在河边，我是哪都不会去的。"

鼹鼠专注地听水老鼠的讲述，小脑袋轻轻地晃着。

水老鼠兴奋地描述他一年四季丰富多彩的幸福："生活二月

份涨水的时候，河水淹没了我的地窖——那些水对我一点用都没有。那个时节，在我的卧房窗外，经常流着浊黄的河水。

"等水退下以后，又会留下一摊摊的烂泥，在太阳的烘烤之下，发出一阵阵像烤面饼的气味。我经常踩着水草，在河床上捡食物，有时也能捡到人们刚丢的东西，而且每次都是满载而归！"

"听起来挺不错的。但是日子过久了，你不会觉得有点闷吗？"鼹鼠疑惑地问道，"就只有你和河，连个聊天的伴儿也没有？"

"没有聊天的伴儿？"水老鼠耐心地解说，"你第一次到河边来，有些事还不了解。其实，现在的河岸可拥挤了，除了水老鼠之外，还住了好多的水獭、鱼鹰、水雉……"

"河的那边还有谁住？"鼹鼠指着河对岸一片黑乎乎的森林。

"那个嘛！那只是'野树林'，"水老鼠轻描淡写地说，"我们河边的居民是不常到那头去的。"

"那么，住在那里头的是不是'好人'？"鼹鼠觉得这个问题很重要。

"这个嘛！"水老鼠沉吟了一会儿，"兔子……有些兔子很糊涂，但是不算坏。松鼠也不坏，还有老獾。老獾的性子急，心眼儿倒是满好的——只要你不去惹他。"

"有谁会想去惹他呢？"鼹鼠问。

"怎么会没有？"水老鼠犹豫着，说道："黄鼠狼啦、白鼬，还有……狐狸，好多好多家伙。他们有时并不坏，只是不太讲义气，所以不能永远相信他们。"

鼹鼠明白，像这一类动物之间的是非，最好不要追问，所以他赶紧换个话题。

"过了野树林以后怎么样？那些看起来蓝蓝的、暗暗的，到底是天上的云朵，还是烟呢？"

"过了野树林，就是大世界了。那些东西就和我们没有关系了，管他呢！还是到我们的水上乐园去玩吧！就快到了。"

水老鼠把船划进一个布满水草，水下纠结树根的小湖。

前方的堤岸与河堰之间架着一部水车，水车带着河里的水不停翻动着。从水车的转轮望出去，能看见屋顶上的磨坊，不时传出一声沉闷的声音，偶尔也能听见一阵欢快的鸟叫声。

眼前的景色实在太美了，鼹鼠只能伸出两只爪子，深深吸一口气，连话都说不出来了。

水老鼠把船划到岸边，系住船索，然后扶着已经看呆了的鼹鼠上岸，搬出了装食物的竹篮。

他们选了一块平坦的草地，鼹鼠首先要求他来布置野餐，水老鼠非常乐意让他来布置。鼹鼠抖开餐巾铺好，兴奋地把竹篮里的食物一样一样地拿出来。他每拿出一样食物，就倒吸一口气说："啊！太美妙了。"一直到他摆好每一样东西为止。

水老鼠从草地上一跃而起，说："咱们开吃了，老弟。"

鼹鼠听到水老鼠说开始吃了，也顾不了那么多的礼节，狼吞虎咽地吃了起来。他吃了好多食物，可以说是从冬天以来，吃得最多的一次。

鼹鼠觉得非常满足。打了几个饱嗝之后，他的目光随即又被湖面上的一串水泡吸引住了。这些水泡一个接着一个从水里冒出来，像排着队一样。

"你在看什么？"水老鼠发现鼹鼠的注意力离开了食物。

鼹鼠指着水面，说："你瞧，那是什么？"

"水泡……那是我的老朋友——"水老鼠高兴地吱吱叫，"水獭柯弟！"

过了一会儿，湖岸的水面冒出了一个湿湿的宽鼻头，接着就见到水獭柯弟上了岸。

"谁在这里大请客啊？"柯弟抖掉外套上的水，盯着餐巾上狼藉的食物，问道："是你吗，水老鼠？怎么没有通知我呢？"

"这是临时决定的，"水老鼠解释说，"如果你早一步到的话，我和鼹鼠一定很高兴。"

"刚才我是跟你开玩笑的。我准备到水上乐园，找一个安静的地方纳纳凉，没想到会遇上两位……"柯弟笑嘻嘻地对鼹鼠说："很高兴认识你！"

正当柯弟和鼹鼠互相认识时，从矮树丛里发出了一种簌簌的声音。只见树叶中露出了一张有白纹严肃的脸，接着一副宽宽的肩也露了出来。

"欢迎你，老獾！"水老鼠招呼道。

老獾没有搭理，咕哝了一声："哼！又是一大群。"很快又钻回矮树丛中。

"他还是那么孤僻，"水老鼠失望地看着树丛，"难怪大伙儿背后都叫他'老番'……柯弟，今天，在河上都遇到谁了？"

"只有蛤蟆戴利，"水獭说，"他划着一艘全新的小船，穿着新衣服、戴着新帽子，全身上下都是新的。"

"哈哈！这回他又迷上了什么船？"水老鼠说，"半年前是帆船，三个月前是平底船，上个月是画舫……"

他转向鼹鼠解释道："画舫就是那种船的上面还加盖了一间房子的……每样东西他没多久就腻了，又去找新玩意儿来玩，这就是蛤蟆戴利的老把戏。"

"他就是没有耐性。"水獭柯弟赞同地点点头。

正说着，水老鼠望见湖外的小河中，出现了一艘爱斯基摩小船，船上那名矮小结实的船夫——正是蛤蟆戴利。

"瞧他划船的样子。再这么划下去，保证他一定会翻船。"水老鼠站起来眺望。

"没错！"柯弟"咯咯"地笑起来。

鼹鼠边听他们谈话，边想今天认识了这么多的新朋友，尤其是水老鼠，就像是老朋友一样亲密了。突然，"泼拉"一声，水獭柯弟跳进水里不见了，湖面上形成了一个漩涡还带有一连串的水泡。

水老鼠对柯弟的不告而别，显然不以为意，他淡淡地说："我们也该走了，谁来收拾野餐篮子呢？"

"我来收拾吧！"鼹鼠很乐意用这样的服务去回报水老鼠带给他的欢乐。因此，尽管收拾善后挺麻烦的，鼹鼠还是快快乐乐地做完了。

在回家的船上，夕阳的阳光把水老鼠的影子拉得长长的，他快乐地哼着歌，完全沉浸在自己的世界当中。

鼹鼠的肚子饱胀，两只前爪撑在船沿上，无聊地瞧着水老鼠划船。他愈看愈羡慕，突然忍不住开口说："水老鼠，让我划一下好不好？"

水老鼠微笑着摇摇头："不行，鼹鼠，这件事可不像你想的那么容易。"

鼹鼠沉默了一会儿，继续观看水老鼠摇晃着船桨。但是他克制不了心中的那份渴望，于是跳了起来，鲁莽地抢过水老鼠的船桨……

水老鼠被他撞得跌下了座位，四脚朝天地坐在船底。"不要乱划，你这个傻瓜。"

鼹鼠哪里听得进去！他握着船桨用力地向前推，才发现划船一点儿都不轻松。他把船桨深深打入水里，却无法控制前进的方向，就在他还没有发现是怎么回事的时候……"扑通！"船翻了。

鼹鼠在水里拼命地挣扎着，什么都做不了，只听见"咕咚咕咚"的水声。

"这下子可没命了！"鼹鼠的心和身体一起下沉……沉……沉！

当他越来越沉的时候，突然感觉到一只强有力的胳膊拉着他，当他醒来时，看见的是水老鼠关爱急切的表情。

水老鼠先擦干鼹鼠身上的水，还搓他的手脚来帮他取暖。"醒啦？鼹鼠，现在没事了！我去把野餐篮子找回来。"

鼹鼠难为情地站起来，看着水老鼠跳回河里，找到了野餐篮子，把一切又都恢复原状。

他俩重新坐上船。鼹鼠垂着头，一句话也说不出口。水老鼠继续划船，就像没发生过任何事情一样。

过了一会儿，鼹鼠鼓起勇气说："水老鼠，请你原谅我的过错吧！我一想到自己破坏了这个美好的日子，就……就很懊恼。想想看，我居然弄翻了船，害得你跌到河里，又差点弄丢野餐篮子……我……我真是个笨蛋！"

水老鼠安慰鼹鼠不要把这件事放在心上，并且还问鼹鼠是否愿意学划船和游泳？

"想啊！当然想！"鼹鼠头点个不停。

水老鼠建议让鼹鼠在他家住上几天，并且保证一定会教会鼹鼠划船和游泳的。

鼹鼠听了水老鼠的这番话，感动得不知道该说什么才好，情不自禁地掉下了眼泪。

到了水老鼠家的附近，鼹鼠从一个狭窄的洞口被领进了他的家，这是一个温暖的家，水老鼠让鼹鼠坐在点着的炉火旁，还为他拿来干衣服。

等到水老鼠把家事整理好，自己也坐下来，跟鼹鼠聊一些河上发生的事……这些故事对一个长年住在土里的动物来说，实在是精彩又刺激。

水老鼠给鼹鼠讲自己经历的一些事，例如和水獭柯弟在晚上钓鱼，和老獾到远处游玩。还讲到夏天河水会涨，梭鱼会跳出水面，以及会扔出东西的大船。不知不觉，这些快乐的感觉已经深深地感染了鼹鼠。

说完故事，水老鼠又请鼹鼠吃了一顿美味的晚餐。酒足饭饱后，鼹鼠感到一阵浓浓的睡意。

鼹鼠舒舒服服地躺在水老鼠为他准备的床上，在进入梦乡的一刻，他听见"河水"正"舔"着他的窗口！

随着夏天的来临，白天愈来愈长，也愈来愈有趣。鼹鼠在水老鼠的指导下，学会了游泳、划船，并且迷上了所有的水上活动。

　　他爱河水，也感谢河水带给他这么多的乐趣。偶尔，在疯狂地玩了一天之后，鼹鼠会静静地坐在河边，倚着芦苇秆儿，倾听风吹过的声音，那就像朋友间轻柔的耳语，传诉着大自然的秘密呢！

奇妙的旅行

一个阳光明媚的夏日早晨，鼹鼠忽然对水老鼠说："鼠兄，我想求你帮个忙。"

水老鼠正在对岸唱歌。这曲子是他自己编的，所以唱得很带劲，没怎么留意鼹鼠。这天一大早，他就和鸭子朋友们在河里游泳。

鸭子们总喜欢猛地头朝下脚朝上拿大顶。这时，水老鼠就潜到水下，在鸭子的下巴下面的脖子上挠痒痒，弄得几只鸭子只好赶紧钻出水面，扑打着羽毛，气急败坏地冲他嚷嚷。

鸭子把头倒插在水里，自然不可能痛痛快快发泄，因此才钻出水面冲水老鼠发火。后来，鸭子们只得央求他走开，去干自己的事，别再来搅和他们。水老鼠这才走开了，在河岸上坐着晒太阳，还编一首有关鸭子的歌。歌名叫《鸭谣》：

沿着静水湾，

长长灯芯草，

群鸭在戏水，

尾巴高高翘。

公鸭母鸭尾，
黄脚颤悠悠，
黄嘴隐不见，
河中忙不休。

绿萍水草稠
鱼儿尽兴游，
食品储存库，
丰盛又清幽。

人各有所好！
头下尾上翘，
鸭子的心愿，
水上乐逍遥。

蓝蓝天空高，
雨燕飞又叫，
我们戏水中，
尾巴齐上翘！

鼹鼠对这首歌评价不高。他是个诚实的人，他不是诗人，并且也不懂诗，他只能照实说话。

"鸭子也不懂。"水老鼠开朗地说，"他们说：'干嘛不让人家在高兴的时候做自己喜欢做的事呢？别人干嘛要坐在岸上对人家横挑鼻子竖挑眼，还要编歌嘲笑人家？尽是胡说八道！'这就是鸭子们的论调。"

"说得对嘛！说得对嘛！"鼹鼠打心眼儿里赞同。

"不，说得不对！"水老鼠气愤地喊道。

"好啦！就算不对，就算不对，"鼹鼠息事宁人地说。"可是我想问问你，你能带我拜访蛤蟆先生吗？我听过他很多故事，特想认识他。"

水老鼠非常乐意带他去拜见蛤蟆先生，甚至忘了他编的诗。

"去把船划出来，咱们马上就去他家。"

水老鼠显得很激动，"你想拜访蛤蟆，随时都可以。不管是早是晚，蛤蟆都一个样，总是乐呵呵的。你去看他，他非常高兴，不过你要走，他总显得恋恋不舍！"

"他准是个非常和善的动物。"鼹鼠说着便跨上了船，提起双桨。水老鼠呢！安安逸逸地坐到了船尾。

蛤蟆的确是个非常好的动物，他友善、温和、单纯还重感情，有时不太聪明，或许还爱吹牛，自高自大，不过，他的优点确实很多。

绕过一道河湾，迎面就见一幢美丽、庄严、古色古香的老红砖房。房前是修理得平平整整的草坪，一直延伸到河边。

"那就是蟾宫。"水老鼠说。"左边有一条小河汊，牌子上写着：'私人河道，不得在此登岸'。这河汊直通他的船坞，咱们要在那儿停船上岸。右边是马厩。你现在看到的是宴会厅——年代很久了。蛤蟆是个非常有钱的家伙，他总是显摆，我们都不以为然，虽然他的房子在这一带确实是最好的。"

小船徐徐驶进河汊，来到一所大船坞的屋顶下。鼹鼠把桨收进船舱。这里，他们看到许多漂亮的小船，有的挂在横梁上，有的吊在船台上，可是没有一只船是在水里。这地方显得有种被废弃的感觉。

水老鼠环顾四周。"我明白了，"他说。"看来他玩船已经玩够了，厌倦了，再也不玩了。不知道他现在又迷上了什么新玩意儿？走，咱们瞧瞧去就知道了。"

他们离船上岸，穿过各色鲜花装点的草坪，才找到蛤蟆。蛤蟆坐在一张花园藤椅上，脸上一副全神贯注的神情，盯着膝上的一张大地图。

"啊哈！"看到他俩，蛤蟆跳了起来，"太好了！"不等水老鼠介绍，就热情洋溢地同鼹鼠握握爪子。"你们真好！"他接着说，围着他俩蹦蹦跳跳。"水老鼠，我正要派船到下游去接你，吩咐他们不管你在干什么，马上把你接来。我非常需要你——你们两位。好吧！现在你们想吃点什么？快进屋吃东西吧！你们来得正是时候。真想不到，这太巧了！"

"蟾儿，让咱们先安静地坐一会儿吧！"水老鼠说，一屁股坐在一张扶手椅上。

鼹鼠则做在另一张椅子上，说着赞美蛤蟆及他的房子的话。

"这是沿河一带最讲究的房子，"蛤蟆哇啦哇啦大声嚷道。"在别的地方，你也找不到这么好的房子。"他情不自禁又加上一句。

这时，恰巧水老鼠用胳臂捅了捅鼹鼠，而蛤蟆也正好看见了。他脸涨得通红，接着是一阵难堪的沉寂。

然后，蛤蟆大笑起来。"得啦！鼠儿，我说话就这么个德行，你是知道的。再说，这房子确实也不坏，是吧？你自己不也挺喜欢它的吗？咱们都清醒些好啦！你们两位正是我需要的。你们得帮我这个忙。这事至关重要！"

"我猜，是有关划船的事吧！"水老鼠装糊涂说。"你进步很快嘛！就是还溅了一些水花。只要再耐心些，再加上适当的指导，你就可以……"

"噢！呸！什么划船！"蛤蟆打断他的话，显得十分厌恶的样子。"那是小男孩们的愚蠢玩意儿。我老早就不玩了。纯粹是浪费时光。看到你们这些人把全副精力花在那种毫无意义的事情上，真叫我感到痛心！

"我已经找到了一桩真正的事业，这辈子应该从事的一种正经行当。我打算把我的余生奉献给它。一想到过去那么多年头浪费在无聊的琐事上，我就追悔莫及。跟我来，亲爱的鼠儿，还有你的这位和蔼的朋友也来，如果肯赏光的话。就在马厩场院那边，到了那儿，你们就会看到要看到的东西！"

蛤蟆领着他们向马厩场院走去，水老鼠则一脸狐疑地跟在后面。只见蛤蟆从马车房里拉出一辆吉卜赛篷车，崭新的车身漆成淡黄色，周边还点缀着绿色纹饰，而车轮则是大红的颜色。

"看吧！"蛤蟆得意地指着他的新车说："这才是你们要过的生活呢！一眼望不到头的大道，尘土飞扬的公路，荒原、公地、树篱、起伏的草原、帐篷、村庄、城镇、都市，全都属于你们！今天在这里，明天在那里！到处旅行，变换环境，到处有乐趣！整个世界在你眼前展开，地平线在不断变换！请注意，这辆车是同类车子里最精美的一辆。进车里来，瞧瞧里面的设备吧！全是我自己设计的！"

鼹鼠异常兴奋地跟着蛤蟆钻进车里，而水老鼠则是哼了哼鼻子，站在原地不动。

车厢里布置的确实非常舒适，几张座椅，一张小桌，生活用品，全都装在车里了，真是一应俱全。

他打开一只小柜。"瞧，有饼干、罐头龙虾、沙丁鱼——凡是你们用得着的东西，应有尽有。这儿是苏打水，那儿是烟草，信纸、火腿、果酱、纸牌、骨牌。"

当他们重新踩着踏板下车时，他继续说，"你会发现，咱们今天下午启程时，什么也没漏掉。"

"对不起，"水老鼠嘴里嚼着一根稻草，慢条斯理地说，"我好像听见你刚才说什么'咱们'，什么'启程'，什么'今天下午'来着？"

蛤蟆央求他说："好了，我的好朋友，别说话那么刻薄嘛！你知道的，我缺不了你的。没有你们，叫我怎么应付这一摊子事儿啊？求求你啦！这事就这么定了，别再和我争辩，我受不了。你总不能一辈子守着你那条乏味的臭烘烘的老河，成天待在河岸上一个洞里，待在船上吧？我想让你见见世面！我要把你塑造成一只像样的动物，伙计！"

"我才不稀罕你的那套把戏哩！"水老鼠固执地说。"我就是不跟你去。我就是要守着我的老河，我要住在洞里，要驾船，就像往常一样。而且，鼹鼠也要跟我一道，干同样的事，是不是，鼹鼠？"

"那是自然！"鼹鼠诚挚地说。"我永远陪伴你，鼠儿，你说什么就是什么。不过，这玩意儿看起来像是——呃，像是怪有意思的，是吧？"

他眼巴巴地加上一句。可怜的鼹鼠！探险生活，对他来说是桩新鲜事儿，惊险又刺激，这个新鲜的经历，对他有很强的诱惑力。当他第一眼看见那辆篷车和它的全套装备后，他就爱上它了。

水老鼠看出了鼹鼠的心思时，他的决心也有点动摇了。他不愿使人失望，何况是他喜欢的鼹鼠，他总是竭力让他高兴。而蛤蟆则在一旁仔细地观察他俩的动静。

"先进屋吃点午饭吧！"蛤蟆笑着说，"咱们慢慢商量，用不着匆忙做出决定嘛！其实我倒不在乎，我只不过想让你俩高兴高兴罢了。'活着为别人！'这是我的处世格言。"

午餐，自然像蟾宫里的其他事物一样精美。吃饭时，蛤蟆高谈阔论，把水老鼠撇在一边，专门挑逗缺乏经验的鼹鼠。他天生就是一只夸夸其谈的动物，又喜欢突发奇想，他把这趟旅行的前景、户外生活和途中的乐趣描绘得天花乱坠，把个鼹鼠激动得坐都坐不住了。

一来二去，三只动物似乎很快就达成了协议，把旅行的事确定下来了。水老鼠虽然还心存疑虑，但他的好脾气终究压倒了个人的反对意见，他不忍心使两位朋友扫兴。他们已经在策划未来几周里的活动了，并且还有了详细的计划。

临行前准备的都差不多了，接着，蛤蟆把他们领到养马厂，让他们捉住那匹老灰马。由于事先没跟老马商量，蛤蟆分派他在这趟旅途中干这件尘土弥漫的脏活，老马一肚子牢骚怨气，所以逮他可费了大劲。

蛤蟆乘他们逮马时，又往食品柜塞进更多的必需品，又把饲料袋、几网兜洋葱头、几大捆干草，还有几只筐子，吊在车厢底下。老马终于给逮住，套在车上，他们出发了。

三只动物各随所好，有的跟着车走，有的坐在车杠上，大伙儿你一言我一语，快乐地说着话。那天下午，阳光灿烂，空中扬起的尘土，香喷喷的，闻着叫人心旷神怡。

大路两侧茂密的果园里，鸟儿们欢乐地向他们打招呼，吹口哨。和蔼的过路人从他们身旁走过时，向他们道声好，或者停下来，说几句中听的话，赞美他们那漂亮的马车。兔儿坐在树下的家门口，举着前爪，赞扬他们的马车漂亮。

天色暗下来的时候，他们已经走了好远了。虽然身体疲惫，但他们的心情都很好。他们在一处远离人烟的草地上停下来。他们卸下马具，由着马去吃草，自己则坐在车旁的草地上。蛤蟆大谈他在未来几天打算干的事。

这时，星星围着他们，越来越密，越来越大。一轮黄澄澄的月亮，不知打哪儿悄悄地冒出来，给他们作伴儿，听他们说话。

过后，他们钻进篷车，爬上各自的铺位。蛤蟆迷迷糊糊地诉说着这样的生活才是他们应该过的，并让水老鼠别再念叨那条老掉牙的河了。

"我并不谈我的河，"水老鼠不紧不慢地说。"蛤蟆，这你知道，可我心里总叨念它。"他又悲伤地低声说："我想念它——一直在想念它！"

鼹鼠从毯子下面伸出爪子，在黑暗里摸到水老鼠的爪子，捏了一下。"鼠儿，只要你乐意，干什么我都愿意，"他悄悄对他说，"明儿一大早，咱们就开溜，回到咱们亲爱的河上老洞去，好吗？"

"不，不，咱们还得坚持到底，"水老鼠悄声回答。"多谢你的好意，不过我得守着蛤蟆，直到这趟旅行结束。撂下他一个，我不放心。但是这趟旅行不会拖太长时间的。他的怪念头，从来也维持不长。晚安！"

这次旅行，果然结束得比水老鼠预料的还要早。

因为长时间在户外，大家身体很疲劳，蛤蟆睡得很死，等到第二天，怎么推他都不醒。于是鼹鼠和水老鼠毅然决然，不声不响地动手干起活来。

水老鼠喂马，生火，洗刷隔夜的杯盘碗盏，准备早餐。鼹鼠呢！他走了一段很长的路，到最近的村落里去买牛奶、鸡蛋，以及蛤蟆忘带的一些必需品。

等他们俩把这些活都干完也都累得够呛了，当他们坐下休息时，蛤蟆才精神百倍地露面，诉说现在生活多么好，再也不用干那些讨厌的家务活了。

他们驶过翠绿的草原，穿过窄窄的小径，悠闲地行驶了一天，当晚又在草地上过了一夜。不过，两位客人这回硬要蛤蟆干他分内的活儿。结果，第二天早上要动身时，蛤蟆不再津津乐道原来生活如何美好，却一味想赖回他的铺上，但还是被他们硬拖了起来。和昨天一样，他们的路程仍是穿经窄窄的小径，越过田野。到了下午，他们才上了公路。这是他们遇到的第一条公路。就在这儿，意想不到的祸事，迅雷般落到了他们头上。这个祸事，像灾难一样，降临在这趟旅行上，而对于蛤蟆今后的生活产生了深远的影响。

他们自在地在公路上行驶着，而鼹鼠却与被冷落的老马说着话。蛤蟆和水老鼠跟在车后，互相交谈——至少是蛤蟆在说话，水老鼠只是有一搭没一搭地插上一句："是呀！可不是吗？你跟他说什么来着？"心里却琢磨着毫不相干的别样事。

就在这当儿，从后面老远的地方传来一阵隐隐的警告的轰鸣声，就像一只蜜蜂在远处嗡嗡地飞。回头一看，只见后面一团滚滚烟尘，中心有个黑黑的东西在移动，以难以置信的速度向他们冲来。从烟尘里，发出一种低微的"噗噗"声，像一只惊恐不安的动物在痛苦地呻吟。

他们并没在意，又接着谈话。可是就在一瞬间，宁静的局面突然被打破了。一阵狂风，一声怒吼，那东西猛扑上来，把他们逼下了路旁的沟渠。

那"噗噗"声，像只大喇叭，在他们耳边震天地响。那东西里面锃亮的厚玻璃板和华贵的摩洛哥山羊皮垫，在他们眼前一晃而过。原来那是一辆富丽堂皇的汽车，一个庞然大物，脾气暴躁，令人胆寒。

驾驶员聚精会神地紧握方向盘，顷刻间独霸了整个天地，搅起一团遮天蔽日的尘云，把他们团团裹住，什么也看不见了。接着，它"嗖"地远去，缩成一个小黑点，又变成了一只低声嗡嗡的蜜蜂。

这突如其来的场面让原来梦想舒适生活的老灰马不知所措，不由地狂躁起来。他向后退，又向前猛冲，又一个劲儿倒退，不管鼹鼠怎样使劲拉他的马头，怎样在一旁苦苦地劝他保持冷静，全都无济于事，硬是把车子往后推到了路旁的深沟边。

那车左右摇晃，终于冲进了旁边的深沟，让他们骄傲的篷车此时变成了一堆废铁。

水老鼠站在路当中，暴跳如雷，气得直顿脚。"这帮恶棍！"他挥着双拳大声吼叫。"这帮坏蛋，这帮强盗，你们——你们——你们这帮路匪！——我要控告你们！我要把你们送上法庭！"

他的念家情绪顿时消失，此刻，他仿佛成了这艘淡黄色航船的船长，他的船被一群敌对的船员肆无忌惮的横冲直撞逼上了浅滩。愤怒之下，水老鼠想起了那些把浪花搅得老高，常常淹没他家地毯的人，当时那些骂他们的话一下子都爆发出来了。

蛤蟆一屁股坐在满是尘土的大路当中，两腿直挺挺地伸在前面，眼睛定定地凝望着汽车开走的方向。他呼吸急促，脸上的神情却十分宁静而满意，嘴里还不时发出轻轻的"噗噗"声。

鼹鼠忙着安抚老灰马，不久，老灰马也安静下来。接着他就去查看那辆横躺在沟底的车。那模样真是惨不忍睹。门窗全都摔得粉碎，车轴弯得不可收拾，一只轮子脱落了，沙丁鱼罐头掉了一地，笼里的鸟惨兮兮地抽泣着，哭喊着求他们放他出来。

水老鼠过去帮助鼹鼠，可他们两个一齐努力也没能把车扶起。"喂！蛤蟆！"他们喊道。"下来帮一把手，行不行？"

蛤蟆一声不吭，也不去帮助他们。他俩只得过去，看看究竟出了什么事。

只见，蛤蟆正迷迷瞪瞪地出神，脸上挂着幸福的笑容，两眼仍直勾勾地盯着前面尘土飞扬的地方。时不时，还听到他低声念叨："噗噗！"

"多么激动人心的景象啊！"蛤蟆嘟哝着说，根本不打算挪窝儿。"诗一般的动力！这才叫真正的旅行！这才是旅行的唯一方式！今天在这儿，明天又到了别处！一座座村庄，一座座城镇，飞驰而过！新的眼界不断出现！多幸福啊！噗噗！哎呀呀！哎呀呀！"

"别这么呆头呆脑的，蛤蟆！"鼹鼠喊道，但却拿他毫无办法。

"瞧，我从来不知道它是什么东西！"蛤蟆继续梦痴般地喃喃道。"我虚度了多少时光啊！不但从不知道，连做梦也没梦到过！现在我可知道了，现在我可全明白了！"

"从今以后，展现在我面前的，该是多么光辉灿烂的锦绣前程啊！我要在公路上横冲直撞，飞速驰骋，在身后卷起漫天的尘土！我要威风凛凛地疾驰而过，把大批马车推下沟渠！哼！讨厌的小马车！平淡无奇的马车！淡黄色的马车！"

"咱们拿他怎么办？"鼹鼠问水老鼠。

"什么也不用干，"水老鼠斩钉截铁地说。"事实上，没有什么可干的。我太了解他啦！他现在是走火入魔。他又迷上了一个新玩意儿，他会一连许多天都这样疯疯傻傻，就像一只在美梦里游荡的动物。没关系，不必理他。咱们还是去看看怎样收拾那辆车吧！"

他们仔细察看了那辆马车，车轴破得不成样子，一个轮子也破碎了，即使把它扶正过来，也不能再使用了。

水老鼠把绳套在马背上，这只手提着鸟笼子，笼子里还是那只惊慌的鸟。"走！"他神情严肃地对鼹鼠说。"到最近的小镇，也有五六里的路程，咱们只能靠脚走了。所以得趁早动身。"

"可蛤蟆怎么办？"他俩双双上路时，鼹鼠不安地问。"瞧他那副魂不守舍的样子，咱们总不能把他独自个儿撂在路当中吧！那太不安全了。万一又开过来一辆汽车怎么办？"

"哼！去他的！"水老鼠怒气冲冲地说，"我跟他一刀两断啦！"

可是，没等他们没走出多远，就听见蛤蟆从后面追了上来，他把爪子挎在他俩的胳膊里，双眼仍直直地盯着前方。

"你听着，蛤蟆！"水老鼠厉声说，"我们一到镇上，你就径直上警察局，问问他们知不知道那辆汽车是谁的车，还要对那辆车提出起诉。然后，你得去找一家铁匠铺，或者修车铺，要他们把马车给修理好，这需要花一点时间，不过它还没坏到没法修理的程度。而我和鼹鼠就会找间旅馆住下，等你把车都修好了以后再上路。"

"警察局！起诉！"蛤蟆梦痴般地喃喃道。"要我去控告那个美妙的恩典吗？修马车？我和马车永远永远拜拜啦！我再也不想见到马车，不想过问马车的事啦！鼠儿啊！你同意和我一块儿旅行，我真不知道怎样感谢你才好！

"因为你要不来，我就不会来，也就永远看不到——那只天鹅，那道阳光，那声雷鸣！永远听不到那种叫人心醉的声响，闻不到那股叫人着迷的气味了！这一切全亏了你呀！我最好的朋友！"

水老鼠无可奈何地掉转脸去。"瞧见了吗？"他隔着蛤蟆的头对鼹鼠说，"他简直无可救药了。算了，拉倒吧！等我们到了镇上，就去火车站，运气好的话，也许能赶上一趟火车，今晚就可以回到河岸。你瞧着吧！今后我再跟这个可恶的动物一块儿玩乐才怪！"

他生气地哼了一下鼻子，在以后的旅途中，他再也没有和蛤蟆说过话。

他们一到镇上，就飞奔到火车站，并且把蛤蟆放在第二候车室，还花钱请人照看他。然后，他们把马寄存在一家旅店的马厩里，对那辆马车和里面的东西尽可能详尽地作了说明，并吩咐人看管。一列慢车，终于把他们载到离蟾宫不远的站上。

他们把迷离恍惚的蛤蟆护送到家，吩咐管家弄点东西给他吃，帮他脱衣，照料他上床睡觉。然后，他们从船坞里划出自己的小船，划到河下游的家中，很晚很晚，他们才在自己那舒适的临河的客厅里坐下来吃晚饭。这时，水老鼠才深深感到舒心快慰。

到了第二天傍晚，很晚才起床并且闲散一天的鼹鼠却在河边钓起了鱼。水老鼠拜访过几家朋友，和他们聊些闲话，这时，他溜达过来找上鼹鼠。

"听到新闻了吗？"他说。"整条河上，都在谈论一件事。今天一早，蛤蟆就搭早车进城去了。他定购了一辆又大又豪华的汽车。"

野树林的奇遇

　　整个夏天鼹鼠都住在水老鼠的家里。现在恶劣的天气使他们经常待在家中。没事的时候，鼹鼠常常想起在野树林里离群索居的老獾。

　　这位老獾可是一个十分重要的人物，尽管他很少露面，但是生活在这里的动物们，无不感到他无所不在的影响。

　　鼹鼠早就想结识这个响当当的人物了，可是每次对水老鼠提起这事的时候，他总是再三推托说："不用着急。獾总会来的，他说来就来了，到时候我一定将你介绍给他。他可是个好人！但是，你不要把他当成神仙一样，也要看到他是有缺点的獾。"

　　一天，鼹鼠对水老鼠说："你能不能请老獾来这里做客，比如来吃顿饭什么的？"

　　水老鼠答道："他是不会来的，因为他不喜欢聚会之类的事情。"

　　鼹鼠又提议道："那么，我们去拜访他怎么样？"

　　水老鼠却说："不，我相信他不喜欢有人去拜访他，他不愿意见人，去拜访他，只会让他生气。虽然我跟他很熟，可我自己都不敢贸然去拜访他。再说，我们也不能去。那地方在野树林的正中央，根本去不了。"

鼹鼠说："说不定他欢迎我们去呢？那天你不是对我说过，住在野树林里的朋友还不错吗？"

水老鼠闪烁其词地回答道："哦！我知道，我知道，我是说过。但是我认为现在还不是去那里的时候。去那里的路很远，而且他现在也不会在家里。只要你耐心地等待，他总有一天会来的。"

鼹鼠听到这里只好作罢。

可是，獾始终没有来，他一直住在野树林的那个家里。不过鼹鼠每一天都过得很开心，因此直到夏天过去了很久，他才重新想起要去拜访那位孤独的老獾。

这时候天气已经转冷，外面是一片冰天雪地，道路也泥泞不堪，暴涨的河水在窗外奔腾而过，速度快得让任何船只都追不上，鼹鼠和水老鼠大部分时间只好待在家中。

水老鼠在冬天特别能睡。他白天醒来的时候，或者写上几句诗，或者干点家务活。当然，家里也总有一些动物来串门聊天。

大家在一起的时候话题总是离不开夏天。在动物们的记忆里，夏天是多么丰富多彩的一章啊！里面的插图有那么多，而且颜色是那么的鲜艳！河岸上的美景一个接一个地登场，一个接一个地展现自己五彩缤纷的身姿。

紫色的黄连花最早在河边露脸，她抖开浓密的发卷，对着镜子般的水面绽开自己的笑脸；紧跟其后的是婀娜多姿的柳兰，她宛如粉红色的晚霞；紫草开着紫白相间的花朵，悄悄地跻身于群芳之列；最后，某天早晨，羞羞答答的蔷薇仪态万千地出场了，就好像宣布舞会开始的乐曲一样，宣告着六月终于到来了。

不过我们还要等待一位出场——就像仙女们在等待她们心目中的牧羊少年，姑娘们在窗口等待骑士一样——我们还要等待用一个亲吻把沉睡的夏天唤醒的王子。而当鲜艳、芬芳、穿着琥珀色短上衣的绣线菊优雅地到来时，这出戏就可以开演了。这曾经是多么难忘的一出戏啊！

当大雨疯狂地拍打他们的门窗时，动物们则都在家舒服地回忆着黎明前的情景：白色的浓雾尚未消散，太阳跃出了水平线，给大地披上了金色的外衣，河岸和河水里都迎来了早起的人们。

他们回忆着烈日炎炎的中午，太阳为绿阴深处洒下一串串细小的金色光芒；他们回忆着午后的划船和游泳，以及沿着布满灰尘的小道散步。

他们还回忆起漫长而凉爽的黑夜，在这样夜晚有许多事情会想清楚，也有许多友谊更加坚固，更有许多的冒险计划被执行。

尽管在这漫长的冬日里，动物有许多聊天的话题，但是鼹鼠觉得还是有许多空闲的时间无法打发消磨掉。在一个阴冷寂静的午后，鼹鼠趁着水老鼠坐在熊熊的炉火前打瞌睡的时候，打定主意要一个人去野树林探险，希望能碰巧结识一下獾先生。

于是，他偷偷溜出温暖的客厅，一个人向野树林走去，希望可以认识那位老獾先生。

当鼹鼠走出水老鼠家门时，看到所有的树上都光秃秃的。他觉得什么时候看东西都不如在冬天那样深刻，因为大自然这时候已经脱掉了衣裳，进入了一年一度的休眠。

在枝叶繁茂的夏天显得那么神秘莫测的小灌木林、小山谷、小石坑，现在都可怜巴巴地袒露无遗。这种情景是有点凄惨，可也有点让人高兴，甚至让人感到振奋。

鼹鼠很高兴，因为他喜欢这种除掉了华丽外衣的大地。他现在看到了大地本来的面目，看到了它是那样美丽、壮实、纯朴。

鼹鼠不喜欢夏天茂密的三叶草，也不喜欢晃来晃去的小草，总之，他不喜欢很多东西，但是一想到可以看见老獾，他就满心欢喜地朝野树林走去。

野树林的树又低又茂密，而且非常阴森，鼹鼠刚走进去还不觉得有什么可怕的。树枝在鼹鼠的脚下噼啪作响，倒在地上的树干不断绊着他的脚，树桩上的蘑菇就好像一幅幅漫画，让他吃了一惊，因为它们很像他所熟悉的某种遥远的东西。

但是这一切又让他觉得很有趣、很刺激。他越往里走，树林越茂密，光线也越来越暗，两边的洞穴就像张开嘴的怪兽，他忽然觉得野树林有些恐怖了。

鼹鼠离开小道，走进了树林里从来没有人走过的地方。这时，他听见了一种鸣叫声。他最初听到的时候，那声音很微弱很尖，好像在他身后很远的地方。

他不知不觉地加快了步伐。随后，那声音虽然还是很微弱、很尖，却好像来自他前面很远的地方。他不由得迟疑起来，想向回走。

正当他打不定主意的时候，左右两边都突然响起了声音，好像在回应，并且把声音一直传到了树林的尽头。不论这是些什么家伙，它们显然已经都警觉地做好了准备。而他现在孤身一个，无依无靠，夜晚又正在降临。

突然鼹鼠又听到了一种"嗒嗒"的声音。起初他以为那只是落叶发出的声音，渐渐地，那声音越来越响，变得很有规律，也很有节奏。他这次清楚地知道那是小脚丫发出的响声。

那声音离他还很远，他分不清究竟是从前面还是从后边传来的。一会儿好像在前面，一会儿好像在后面，一会儿又好像前后都有。那声音越来越大，他焦急地朝这边听听，又往那边听听，觉得那声音正向他袭来。

正当他站在那里仔细聆听的时候，他发现一只兔子穿过树丛，拼命向他跑过来。他等着，指望它会放慢速度，或者避开他往别处去。

可是兔子几乎擦着他的身子奔了过去，并且板着面孔对他说："走开，你这傻瓜，走开！"

然后消失在一个地洞中。

鼹鼠忽然有种感觉，好像树林里所有人都在跑，并且好像要把他包围起来。他被吓得跑了起来，漫无目的地跑。他有时撞上什么东西，有时被什么东西绊倒，有时又跌入树洞或土穴中。最后他躲进了一棵山毛榉树深深的黑洞中。

现在，鼹鼠感到树洞为他提供了遮蔽和庇护。不管怎么说，他已经累得跑不动了，只能舒服地蜷伏在飘入树洞内的干树叶上，希望暂时在这儿能平安。他喘着粗气，浑身发抖地躺在那，听着外面传来的一切恐怖的声音。

就在鼹鼠在野树林中历险时，水老鼠却在家里舒舒服服地睡觉。他的头往后仰，嘴张着，在梦中那绿草如茵的堤岸边漫步。正当此时，一块煤滑动了一下，炉火发出一阵"噼噼啪啪"的响声，蹿出一股火焰，他一下子惊醒了。他本想问鼹鼠一些问题，可是鼹鼠不在身边。

他听了一会儿，房子里似乎一片寂静，又喊了几遍"鼹鼠兄弟"，还是没有任何回音。于是他站起来，走出房间来到厅堂。他看到平常挂在钩子上的帽子不见了，而放在架旁的高筒橡胶靴也消失了。

水老鼠走出屋子，仔细察看外面泥泞的地面，希望发现鼹鼠的踪迹。果然，他看见泥地上有鼹鼠留下的足印，这足印一直通往野树林。

水老鼠的神色变得严峻了，他在那儿沉思了片刻，然后走进屋子，在腰上扎了一根皮带，往皮带里插了两把手枪，操起一根立在客厅角落里的粗棒，迈着矫健的步伐，直奔野树林而去。

当他到达野树林边的时候，天色已经黑了下来，但是他为了寻找朋友还是走进了野树林。在野树林中，他一边东张西望，焦急地寻找鼹鼠的踪影，一边高声地呼唤，"鼹鼠！鼹鼠！你在哪里？水老鼠找你来了！"

就这样，他耐心地在林中搜寻了约一个多小时，终于听见一声微弱的应答："水老鼠兄弟！真的是你吗？"

这使水老鼠十分高兴。他循着声音，在越来越浓的黑暗中，向那棵老山毛榉树的树根摸索而去。那个声音就是从这个树洞里传出来的。

当水老鼠钻进洞时，看见鼹鼠浑身发抖地缩在那。一见到水老鼠，鼹鼠便大哭着说："吓死我了。"

水老鼠安慰他说："哦！我很理解。你不该独自出来在树林中冒险，鼹鼠，我曾竭力劝阻你。我们住在河岸上的很少独自上这儿来。如果一定要来，我们至少也要有个伴儿。另外，有许多东西我们都知道，可是你还不知道，不知道就会遇到麻烦。当然，如果你是獾或者是水獭，这完全又是另一回事了。"

听到这里鼹鼠问道："那么，勇敢的蛤蟆先生一定不会在乎一个人上这儿来了，对吗？"

水老鼠放声大笑道："他才不会独自在这儿露面呢！就是给他许多金币他也不会来的。"鼹鼠一听见水老鼠爽朗的笑声，又看见他拿的武器，顿时，也不害怕了，情绪也稳定了。

水老鼠见此赶紧对鼹鼠说道："我们必须振作起来，趁现在天还有点亮赶紧回家。在这儿过夜是绝对不行的！这样的天气会把我们冻坏的！"

鼹鼠非常可怜地说："亲爱的水老鼠兄弟，非常抱歉，我真是筋疲力尽了，你必须让我在这儿再休息一会儿，让我恢复一些力气。"

一听这话，本性敦厚的水老鼠说："那好吧！你就休息吧！反正天差不多已经漆黑一片了，过一会儿或许还会有一点儿月光。"

水老鼠的话音刚落，鼹鼠便深深地钻入干树叶中，伸展开四肢，一会儿便睡着了，不过睡得不太安宁。这时水老鼠也往自己身上盖了一些树叶，以抵御大雪之夜的风寒。就这样，他握着手枪，耐心地等待着鼹鼠恢复体力。

过了好久，鼹鼠终于醒了，他又恢复了充沛的精力。水老鼠说："我先看一看外面的情况，然后我们就出发。"

他走到洞口，探出头朝外面望了望，随后轻声叹道："天哪！天哪！这下可糟透了！"

鼹鼠问："怎么啦！水老鼠？"

水老鼠简单地回答道："外面下大雪了。"

鼹鼠走到他身边，向外望去，只见曾让他感到害怕的黑色森林正被白茫茫的大雪覆盖住了。这地毯看上去柔软娇贵，经不起笨重的脚在上面践踏。空中飘舞着细粉，温柔地抚摸着人的脸，黑色的树干在月光下格外得显眼。

水老鼠想了想说："唉！没有别的办法了。我们只有动身，碰碰运气了。糟糕的是，我不知道我们现在究竟在哪里。这场大雪把一切都改变了模样。"

的确如此，鼹鼠简直都认不出这就是刚才那片树林。但是，他们还是沿着看上去最有把握的路线勇敢地出发了。他们紧挨在一起走着，摆出一副天不怕地不怕的样子。

他们走了好长时间，最后累得只好坐在一棵倒下的树干上，他们真的不知道下一步怎么办了。他们已经累得浑身酸痛，摔得鼻青脸肿了。雪越积越深了，他们几乎难以挪步，更糟的是，已经没有出去的路了。

水老鼠说："我们不能在这儿久坐，我们必须努力采取一些措施。天气太冷了，雪还会越积越深，再过一会儿我们就更没有办法回家了。"

他往四周仔细看了一番，然后说道："在我们前方有个地方像个小山谷，现在我们走到那个小山谷，看看能否找个干燥的山洞或地穴，避避风雪，好好儿休息一下，然后再走，因为我俩都已累得够呛。再说，雪也许会停，或者会出现某种转机。"

说完他们挣扎着走下山谷。

当他们在寻找能躲避风雪的洞穴时，突然，鼹鼠尖叫了一声，摔倒了，腿也划破了。他忍着痛，爬起来坐在雪地上，用两只前爪抚摸着大腿。

水老鼠一边蹲下来察看，一边和善地说："可怜的鼹鼠！你今天好像运气不佳。哎呀！你的小腿跌破了！等一下，我来用手帕为你包扎。"

鼹鼠痛苦地说："我一定绊到了什么树枝或者树桩上了。"

水老鼠仔细地检查之后说："伤口很深，不可能是树枝或树桩弄的，看上去好像是什么锋利的金属划的。真奇怪！"

他想了一下，又仔细地打量着周围的小丘和山坡。

鼹鼠痛得连话也讲不利索了："行了，别管是什么东西划的了。不论是什么东西弄的，我都疼得要命。"

当水老鼠把鼹鼠伤包扎好以后，他就走到鼹鼠摔倒的地方乱扒起来。他扒一会儿，铲一会儿，又看一会儿，四只爪子忙得不可开交。

就在鼹鼠等得不耐烦的时候，水老鼠突然大声喊了起来："好哇！好哇！"然后他竟然在雪地里跳起了拙劣的舞蹈。

鼹鼠急急忙忙问他发现了什么？

"过来看看吧！"乐不可支的水老鼠一边说，一边继续跳着。

鼹鼠仔细地察看了一番后，慢吞吞地开了腔："我看清楚了，一个门上的泥刮！这又有什么名堂呢？为什么值得让你围着它跳舞呢？"

水老鼠不耐烦地嚷嚷道："你还不明白它的含义吗，你这愚笨的家伙？"

鼹鼠也说道："我当然明白它的含义！这意味着某个粗枝大叶丢三落四的家伙，把他门上的泥刮丢落在野树林深处，丢在可以把大家都绊倒的地方。"

水老鼠对他的迟钝十分绝望，于是说道："得啦！不要争论了，快来刨吧！"他又接着干起来，把雪花弄的到处乱飞。

水老鼠的努力终于得到了回报，一个破烂的门露了出来。他得意非凡地叫起来："嘿！刚才我跟你怎么说的？"

鼹鼠十分坦诚地回答："你什么也没说呀。"

水老鼠接着说道："你觉得好像又发现了一件用坏了被人扔掉的家庭垃圾吧？你难道真的从这门垫上看不出任何意义来吗？"

鼹鼠怒气冲冲地说："一点儿也看不出！我觉得我们简直是在做蠢事！"

水老鼠也生气地喊道："听着，如果你想在今夜住在舒适的地方，就赶快起来找，不然我们就没有机会了！"

水老鼠十分卖力地在旁边干起来，他用他的棒子四处探测，然后就疯狂的挖起来。鼹鼠也跟着使劲干起来，倒不是因为别的，主要是鼹鼠想让水老鼠高兴，他总觉得水老鼠有点神经质了。

大约过了十分钟，水老鼠的棒子终于碰到了什么东西，发出了一声脆响。他又刨了一会儿，直到能伸进一只爪子触摸，然后他叫鼹鼠过来帮忙。当他们的劳动成果最终完完全全地展现出来的时候，一直持怀疑态度的鼹鼠变得十分惊愕了。

就在刚才他们认为是雪堆的旁边倒立着一扇漆成绿色的小门，铁质的拉环手柄悬挂在旁边，在那下面，有一个小铜牌，上面清清楚楚地刻着獾先生的名字。

鼹鼠惊讶了半天，然后，大声地说："水老鼠，我全明白了，你真的是太了不起了。从我跌倒把大腿划破起，你就用自己那聪明的脑袋一步一步地弄清楚了事情的真相。

"你看了一下我的伤口，立刻想到那是刮泥器划的，之后你就开始寻找，果然找到了那个刮泥器。你有没有就此罢休呢？没有！换了别人也许会非常满足，可是你没有。

"你的聪明才智继续在发挥着作用，你在心中想着：'等我找到一块垫子，我的假设就成立了！'你果然找到了垫子。你真聪明，我相信你只要愿意，什么东西都可以找到。

"接着你就想：'这里肯定有一扇门。我们只要把它找出来就行了！'我只是在书中读到过这种事儿，却从来没有在现实生活中碰到过。若是我有你的脑袋，水老鼠……"

　　水老鼠不客气地打断他的话："可是正因为你没有，因此你就打算一整夜坐在这雪地上唠叨，是吗？快站起来，抓住门铃拉手，使劲拽，用上全身的力气。我来捶门！"

　　水老鼠用棍子敲门，鼹鼠则像荡秋千一样拉铃绳，这时，他们仿佛听见了远处传来了铃声。

老獾先生

他们冻得直在雪地上跺脚，但还是非常耐心地等着。终于，他们听到一阵慢吞吞，从里面向门口走来的脚步声。鼹鼠非常清楚地听出了，那声音只有穿着又大又破的毛毡鞋才发出的。

传来门栓后弹的声音，门开了几英寸，刚够露出一个长长的大鼻子和一双惺忪眨动的睡眼。

"下次这种事情再发生，"一个生硬、猜疑的声音说，"我就会非常非常生气的。这次是谁，在这样的夜晚打扰别人？说话呀！"

"噢！老獾，"水老鼠喊，"请让我们进去吧！是我，水老鼠，还有我的朋友鼹鼠，我们在雪中迷路了。"

"什么，水老鼠，我的小朋友！"獾惊呼起来，语气大不相同，"进来，你们两个，快点。哎哟！你们一定冻坏了。真没想到！雪中迷路！而且还是在野树林里，还是这么晚。快进来吧！"

由于两个动物急着进门，反而没站稳，滚到了一起，他们身后则传来一声愉快的关门声。

獾穿的真不讲究，长长的睡袍，拖鞋破破烂烂，手里还拿着烛台，估计他们来的时候，他正要上床睡觉呢！

他和蔼地俯看着他们，拍拍他们的头，慈父般地说："这可不是小动物们出门的时候噢！恐怕你又在搞什么恶作剧了吧！水老鼠。但是，来吧！到厨房里来。这里的炉火非常温暖，晚饭也充足。"

獾先生手里拿着灯在前面开路，他俩急不可待地拥挤着跟他走。他们走过一条长长的、阴暗的，实话说，非常破旧的走道，进入一个中央大厅模样的房间，从那里望出去，可以依稀看见其他长长的地道一样的分支走道，神秘而看不见尽头的走道。

但是，大厅里也有门，看起来是很舒适的、结实的橡木门。獾推开了其中的一扇门，出现在他们跟前的是一间明亮、温暖的大厨房。

厨房地上的红砖都旧了，宽大的壁炉里烧着旺旺的火，壁炉有两个可爱的壁炉角嵌在墙中，这样就不用担心有穿堂风了。

一对高背扶手长椅面对面放在壁炉两边。房间当中立着一张原木长桌，搁在支架上，两边各放一溜长凳。桌子一头，一张扶手椅已经推回桌子底下，桌上还摆着獾吃剩下的充足的粗茶淡饭。

一排排洁白无瑕的盘子在房间远处食具柜的架子上向他们闪烁着光，头顶的屋椽上挂着大批火腿、一扎扎干草药、一网兜一网兜洋葱和一篮篮鸡蛋。

看起来，这倒像是英雄举行庆欢宴的地方，疲惫的收割者也可以围着餐桌聚集几十人，使丰收宴充满欢笑和歌声，而两三个品位简朴的朋友也可以随意小坐，尽情地吃喝、吸烟、闲聊。

红砖地笑着看着天花板，久坐发亮的橡木椅互相交换着眼神；食柜上的盘子在向坛罐微笑；快乐的火光跳在所有的物品上嬉戏。

热心的老獾让他们脱去外套坐在椅子上好好地烤火。把湿外套和鞋子好好烤一下。接着，他又拿来了睡衣和拖鞋，亲自用热水给鼹鼠洗小腿，用创可贴把伤口贴好，鼹鼠很快就完好如初了。

在灯火和暖流的包围中，他们终于暖和起来，身体也干了，疲惫的双腿撑在面前。身后的桌上开始摆放起盘子，发出诱人的"叮当"声。外面的黑森林对他们来说已经被关在了门外，而刚才所遭受的磨难，也像梦一般很快就会被忘记了。

他们总算都烤好了，獾催促他们赶快来吃他准备好的食物。他们早就饿了，但是真的看到面前为他们摆开的晚餐，似乎问题又变了，在这么多诱人的食物中先吃哪一样好呢？其他东西在他们来得及赏光之前，是否会有耐心等他们呢？有好一会儿，要他们说话是不可能的。

慢慢地，对话终于恢复了，但这种对话也很够呛，从塞得满满的嘴里说出来的话就是这样。獾一点都不在意这种事，也没注意胳膊肘支在餐桌上争食这种事，也不在乎很多人一起发话。

他自己没有进过社交场合，所以认为这种事情没什么大不了的。他坐在餐桌上首的扶手椅中，听事情经过的时候，不时严肃地点点头，似乎对任何事情都不感到奇怪和震惊，他也从来不说"我早就说过"或者"我总是这么说"或者评论他们本该如何做和本不该做什么事。鼹鼠开始认为獾是一位值得交的朋友了。

晚餐终于在两个人吃得饱饱的时候结束了，他们现在又恢复了当时的体面风光，而且也不在乎任何东西了。柴火烧得很旺，余烬发着光芒，他们围聚在炉火旁，心想，这么晚睡觉真是好惬意，好充实。

他们闲聊了一会儿，獾就热切地说："听着！告诉我一些你们那个世界的新闻，老蛤蟆怎么样了？"

"噢！越来越糟糕了。"水老鼠神情严肃地说。

鼹鼠这时正靠在高背长椅上，沐浴在火光中，脚跟抬得比头还高，努力做出很悲哀的样子。

"就在上个星期，又撞车了，撞得还不轻。你瞧，他非得自己驾驶，自己呢又是一点不会，无可救药。假如他雇一个体面、沉稳、训练有素的司机，付他工钱，把一切都交给他，他会把一切都搞定的。可惜老蛤蟆没有这么做，他认为自己是个天才，当然后果也可想而知！"

"都撞了几回了？"獾忧心地问。

"是撞车的次数呢！还是车的数量？"水老鼠问，"噢！不过，对蛤蟆来说，反正都一样。这是第七次了。其他嘛！你知道他的马车房吗？哎哟！里面都快推到天花板了。至于汽车的碎块，没有一块是比你的帽子大的！这是另外六辆的结局，如果有结局的话。"

"他住了三次院，"鼹鼠插话道，"至于他要支付的罚款，想想都觉得可怕。"

"就是，可好戏还在后头呢！"水老鼠接着说，"蛤蟆很殷实，我们都知道，但他也不是百万富翁。并且还是个糟糕透顶的司机，无法无天。要么送命，要么破产，逃不出这两样，早晚如此。老獾！我们是他的朋友，也应该做些什么吧？"

獾细想了片刻。"但是，"他终于开口了，严肃地说，"你们当然知道，我现在什么都做不了。"

他的两个朋友很同意他的做法，并且都表示理解。根据动物界的规矩，在非活跃季节的冬季，动物们不会做任何费力的，或者英雄主义的，哪怕是略微活跃的事情。

所有动物都昏昏欲睡，有的干脆冬眠了。所有动物都多多少少受着天气的制约，他们都在休息，暂时脱离了辛苦的日日夜夜。在以前，他们的肌肉接受着严峻的考验，精力也得到充分的施展。

"很好！"獾接着说，"但是，一旦春暖花开，夜晚变短，我们半夜就会醒过来，感觉闲不住了，即使不是在日出前希望起来干活，也会日出而作。你们知道的！"

两个动物郑重地点点头，表示知道！

"那时，"獾继续说道，"我们，也就是，你和我，还有我们这里的朋友鼹鼠，我们将认真照料蛤蟆。我们不能再容忍他在胡作非为。要让他回心转意，必要的话要强制他服理。我们要把他改造为有理性的蛤蟆。我们将——你睡着了？水老鼠！"

"我没有！"水老鼠惊醒了。

"晚饭后，他已经睡着两三次了。"鼹鼠笑着说。但他自己却感觉很清醒，甚至很新鲜，他也不知道为什么。当然，原因很简单，他天生就是地下动物，在地下长大，獾的家正合他意，令他有种家的感觉。水老鼠呢！他每晚睡觉的卧室，窗口都对着微风习习的河道，自然会觉得这里的空气沉闷些，压抑些。

"好了，我们都该睡了。"獾起身，取来烛台，"来吧！你们两个，我领你们去房间。明天早上晚些起来好了，什么时候吃早餐都行！"

他把两个动物领到一间看似卧房又像仓库的长长的房间。獾的过冬贮藏品随处可见，占据了房间的一半面积，有成堆的苹果、萝卜、土豆，成篮的坚果，成缸的蜂蜜。

但是地面上所剩的空间放着两张白色小床，看起来又柔软又亲切，床单虽然粗糙，却很干净，还有熏衣草的香味。他们两个仅用了半分钟就脱掉了衣服，钻进了温暖的被窝里。

他们已经得到了獾的许可，所以第二天很晚才起床吃饭。他们发现厨房里有明晃晃的炉火，两只小刺猬正坐在餐桌边的长凳上，用木碗吃燕麦粥。当他们进屋时，刺猬立刻放下勺子，站起来向他们致敬。

"好好，请坐，请坐。"水老鼠和颜悦色地说，"接着吃你们的粥吧！你们这些小朋友从哪里来啊？我猜是在雪地里迷路了吧？"

"是的，先生。"大一点的那只刺猬尊敬地说，"我和这个小比利，我们想上学校去，哪怕天气这么坏，妈妈还是要逼我们去上学。所以，我们迷了路，先生，比利吓坏了，紧张得直哭，毕竟他还小，还很脆弱。后来，我们碰巧找到獾先生家的后门，就斗胆敲了门，大家都知道的，獾先生是位仁慈的绅士。"

"我知道。"水老鼠说，接着给自己切了几片火腿，鼹鼠则打了几个蛋到一个深口锅里。"外面的天气怎样了？你不用老叫我'先生'的。"水老鼠补充道。

"噢！糟透了，先生，雪下得很厚了，"刺猬说，"像您这样的绅士在这种天气里是不能出门的。"

"獾先生到哪里去了？"鼹鼠问，一边在炉火前把咖啡壶加热一边说。

"房主进了书房，先生，"刺猬回答，"他还说，今天上午他会很忙，所以，任何情况下都不能打扰他。"

在场的每个动物都能充分地理解这种说法。前面已经说过，假如动物在一年中有半年活动频繁，另半年相对来说实际上处于休眠状态，这后半年中，如果有什么事要做，或恰有什么人来访，是不能一直以犯困搪塞的。

动物们非常了解獾，他吃过早饭，已经回到书房，靠在一张椅子里，脸上盖着红手帕，正在按他的规律睡觉呢！

正在这时，不知是谁把门铃敲的"叮当"响，水老鼠便让小比利去看看，当小比利回来时，身后跟着水獭，他一看见水老鼠，就热情地上前打招呼。

"走开！"水老鼠气急败坏地说，嘴里满满的。

"我就知道在这里可以找到你们的嘛！"水獭高兴地说，"今天早上我到河堤，他们全都大惊失色的样子。水老鼠一夜没回家，鼹鼠也没有。他们说，肯定发生了什么可怕的事情，而且，雪把你们的脚印都掩盖了。

"但是我知道，陷入困境的动物大都求助于獾，或者，獾总会了解一些情况，所以我就直接来这里啦！穿过野树林，踏过雪地，我的天！红日初升，直照着黑树干，这个时候走雪地还是蛮不错的！

"在一片寂静中行走，经常会有雪块从树枝上滑落下来，突然'噗'的一声！吓得你跳起来，赶快找地方躲。晚上，雪堡和雪洞会平地里冒出来，还有雪桥、雪台、雪墙，我可以待上几个小时玩这些东西的。地上到处是被雪的重量压断的大树枝，知更鸟傲慢自负地在断枝上栖息、跳跃，好像这一切是他们所为的。

"一串队形不整的大雁从头顶上飞过，高高地衬着灰色的天幕；一些秃鼻乌鸦在树林里盘旋，看了半天，才带着厌恶的表情拍着翅膀往家里飞。我没有碰到什么明事理的动物，所以没法打听消息。

"大约走了一半的路，我遇到一只兔子，坐在树桩上，正在用爪子洗他那张呆脸。我从背后爬过去，前爪猛地搭上他的肩膀，把他吓了一跳。我不得不打他两下耳光，才让他恢复知觉。从他嘴里知道，昨天晚上，他们的一个伙伴在野树林里看到过鼹鼠。

"他说，兔子之间谣传，鼹鼠是水老鼠先生的好朋友，处境如何如何的糟糕，他如何迷了路，而'他们'正出门去狩猎，就一圈一圈地追他。

"'你们为什么不做些什么？'我问，'你们就算没有脑子，但你们的数量成百上千，都是很结实的个头，而且兔穴四通八达，完全可以把他请进来，让他安全些，舒服些。不管怎样，可以试试的。'

"'什么，我们？'他只会这么说，'做些什么？我们兔子？'所以，我又给了他一个巴掌，就撇下他走了。

"别无他法的嘛！不管怎样，我知道了一些情况，而且，假如我有这个运气再碰到'他们'中的任何一个，或许会知道更多消息，或者，他们也会开窍一些的。"

"你难道没有一点，呃！紧张？"鼹鼠问道，一提到野树林，昨天的一些恐惧感又回到他身上来了。

水獭露出他那坚硬的白牙说："我才不会紧张呢！他们才没那个胆儿对我怎么样呢！来，鼹鼠，给我煎几片火腿，像个好小伙。我真的饿坏了，我还有很多话要跟水老鼠说呢！好久好久都没见他了。"

于是，鼹鼠把切好的火腿交给小刺猬去煎，他却坐到别的地方，好让水獭和水老鼠痛痛快快聊个够。

水獭刚吃完一盘煎火腿，又返回去添，这时，獾走进客厅，又是打哈欠，又是擦眼睛，用他那平静、简单的方式与大家寒暄，问候了每个动物。

"一定到了吃午饭时间了，"他对水獭说，"最好留下，一起吃午饭吧！你一定饿坏了，今儿早上真冷。"

"那倒是！"水獭向鼹鼠眨着眼睛说，"贪吃的小刺猬用煎火腿填他们的肚子，看得我直觉得饿。"

刺猬们早上喝的是稀饭，这会又煎了一阵火腿，他们早感觉饿了，可又不好意思说，只好怯生生地看着獾。

"听着，你们两个小鬼现在回家找妈妈去吧！"獾和蔼地说，"我会派人给你们带路的。我敢说你们今天不用吃正餐了，我打赌。"

獾在他们每人头上都拍了一下，又给了他们十二便士，他们非常感谢獾，然后离开了他的家。

这会儿，他们都入了座，开始一起吃午餐。鼹鼠坐在獾先生旁边，因为另外两位还在热烈谈论着河畔趣事，别的事根本分不了他们的心，鼹鼠这时就趁机告诉獾，这里的一切是多么舒服，多么像家。

"一旦完全到了地底下，"他说，"就会脚踏实地，不会发生什么意外，也没有什么能扑过来。你完全是自己的主宰，不用跟任何人商量，也不用管别人说什么。头顶上的事情也是这么个样子的，随他们去，别替他们操心。任何时候想去地面都可以上去，那里也有许多好东西等着你。"

獾只是对着他微笑。"跟我想的一模一样，除了地下，天底下就没有安全、和平和清静的地方了。而且，假如眼界扩大了，想扩张一点，嘿！掘一下土，挖一下石，就搞定了！如果嫌屋子太大，只要堵上一两个洞穴，又搞定了！无需建筑工人，无需商人，也没有人在围墙外旁观，说长论短让你听，最重要的是，没有恶劣天气。

"看看水老鼠，只要来几尺洪水，他就不得不搬家租地方住，又不舒服，地段又不方便，还贵得要命。再说蛤蟆。我对蟾宫没有任何意见，作为房子，那该算这一带最体面的了。

"但是，假如失了火——蛤蟆住哪儿？假如瓦片吹掉了，墙壁塌了裂了，窗户打破了——蛤蟆住哪里？假如房间里有穿堂风——蛤蟆该住到哪里去呢？地面上虽然是个四处闯荡的好去处，但是如果哪天老了、倦了，还是要回到地下的家。"

由于鼹鼠对他的观点非常赞同，所以獾现在对他十分和善。

"午饭以后，"他说，"我要带你看看我这个小地方。我相信你会欣赏的。你理解家居建筑该是什么样子，你懂。"

于是，吃过午饭，趁水獭和水老鼠聊得起劲时，獾便带着鼹鼠参观他的家。穿过客厅，他们进入其中一条主地道，摇曳的灯火照亮了两侧大大小小的房间，有的只是衣橱，有的差不多像蛤蟆家的餐厅一样宽大宏伟。

垂直转弯，走过一条小通道，就到了另一条走廊，同样的景观。面对这里的规模、深度，面对四通八达、昏暗的走道，还有那坚固的拱顶，塞得满满的贮藏室，随处可见的砖石结构，柱子、拱门和石板地面，鼹鼠惊呆了。

他终于说："獾啊！你哪有这么多的时间和精力完成这一切？这实在令人叹为观止啊！"

"如果真是我完成的，倒确实令人叹为观止了。"獾简单地说，"可实际上，都不是我完成的——我只是根据需要，清理出了走道和房间。而实际空间比这还要大，周围都是。看得出来，你搞糊涂了，我要解释给你听的。

"哦！很早以前，在树木自生自长，长成现在这片林子之前，这里有一个城市——也就是一个居住着人类的城市。他们在这里，就在我们站立的地方生活过，行走、说话、睡觉、做生意。

"他们在这里拴马、饮宴，从这里骑马出征，驾车经商。他们很强大，很富有，还大兴土木。他们把建造房子作为百年大计，因为在他们眼里，这个城市会永远存在的。"

"后来，他们情况怎么样了？"鼹鼠问。

"谁说得上来呢？"獾说，"人们来了，在这里待上一段时间，大兴土木，接着又走了。他们就是这样来去自如。但是我们持之以恒。我听说，这里有过獾，早在那个城市兴建之前就有。现在，这里又有獾了。獾是经得起考验的，即使我们离开一段时间，我们也会等待时机再回来的，以后我们也会这样的。"

"那么，他们终于走掉的时候，那些人……"鼹鼠说。

"当他们走的时候，"獾接着说，"大风和暴雨就主宰了这里，一年又一年，没完没了地下着。或许，我们獾也以我们渺小的方式略施了一些影响——谁知道呢？一切都塌陷了、平了，慢慢地变成残垣断壁，夷为平地，烟消云散了。

"然后呢！一切都长啊！长啊！长啊！渐渐地，树种长成了小树苗，小树苗又长成了森林，荆棘和蕨类蔓延过来，增添葱绿。腐叶产生了，又湮没了；溪流在冬春汛时节带来了沙和土，淤泥覆盖了这个地方。

"随着时间的流逝，我们的家园又准备好了，所以我们就搬了进来。在我们头上，在地面上，也发生着同样的事情。动物们来了，喜欢这个地方，就各占一块，驻扎下来，繁衍子孙。他们从不为自己的过去犯难，他们太忙了。

"这个地方当然有点高高低低、坑坑洼洼，到处都是洞，但是，这也未尝不是优点。他们也从不为将来犯难——将来人类是不是又要搬回来，过一段时间这很有可能的。野树林里现在是有点拥挤了，住着常见的动物，好的、坏的、不好不坏的，我不列举了。组成一个世界需要的各种各样的动物。我估计，你这个时候也知道他们一些底细了吧！"

"是的，确实如此。"鼹鼠说，微微抖了一下。

"好了，好了，"獾拍拍他的肩膀说，"这是你第一次跟他们打交道，是不是啊！他们也不是真的那么坏。大家都得过日子，也让别人过日子，互不相扰吧！但是我明天要传话出去，我想你以后不会有什么麻烦了。我的任何朋友都可以在这里自由行走的，要是谁敢欺负你，我一定会查得清清楚楚的。"

当他们回到厨房时，发现水老鼠在不安地来回踱着步。地下的空气对他来说很压抑，让他受不了了，而且他看起来真的像在担心，就像不回去照看，小河就会逃掉似的。所以，他穿上了外套，手枪也插回到腰带上了。

"走吧！鼹鼠，"他一见到他们就迫不及待地说，"我们得趁天亮抓紧离开。我再也不想在野树林里过夜了。"

"没关系，我的好伙计，"水獭说，"我跟你们一起走，蒙上眼睛都知道每一条路的，而且，假如有哪个脑袋讨揍，你尽可以放心让我来。"

"你真的不用发愁，水老鼠，"獾平和地补充说，"我的通道建得比你想象得还要远，树林边各个方向都有出入洞口，尽管我不喜欢搞得尽人皆知，但如果你一定要走，就从我这些捷径中走。现在，就安下心来，再坐会儿吧！"

然而，水老鼠还是无法静下心来，他只有守在河边才会安心。于是，獾又一次拿起灯笼，领着他们进了一条潮湿、气闷的地道。地道曲折而又倾斜，一部分有拱顶，一部分则是从岩石中劈出来的。

一段令人疲乏的路程，好像走了好几英里，终于日光开始透过洞口前交错的树枝藤条模模糊糊地照进来。獾跟他们道别后，就急匆匆地把他们推出洞口，然后，又用一些树叶把洞口盖好，看上去更自然一些，然后就回洞里了。

他们发现自己就站在野树林边上。身后堆积、交织着岩石、荆棘和树根，杂乱无章；前面是一片广袤的静悄悄的田野，围着成行的篱笆，在雪的衬托下黑白分明，更远处闪动着一条熟悉的家乡小河，一轮冬日红红地、低低地挂在地平线上。

熟路的水獭开始做领队，他们懒洋洋地，成一条直线向远处的栅栏门走去。他们在那里停下，回头看时，只见整片野树林黑森森的，浓密紧凑，在大片白色的包围中虎视眈眈地挺立着。他们同时调转头，迅速地各自奔回家，奔向了小河。他们非常了解小河的脾气，也信赖它，那河也从来没用过任何古怪的事吓他们。

鼹鼠急急忙忙地往那个他非常想念的家赶去，想象着他回到家中的幸福瞬间。他清醒地知道，自己是耕地的动物，与犁沟、牧场常来常往，与傍晚散步的小巷和花园苗圃有着千丝万缕的联系。

至于那些与大自然难分难解的风雨或现实中的矛盾，都是其他动物的事情；而他选择的就是待在舒适的家里，这里经历的事情，也足够他回忆一辈子了。

重新回到家园

冬天的白天是很短的，黑夜很快就会降临了。鼹鼠和水老鼠向柯弟道别后，穿过原野，继续往回家的路上走去。

眼前出现了许多小路，水老鼠选择了一条新开辟的，不是因为它平坦好走，而且水老鼠有种直觉，走这条路一定会回到家里。

他们走过许多小路，穿过了许多巷子，来到一条石子路上，鼹鼠纳闷起来，这条路可能是通到人类的村庄啊！

"别担心，"水老鼠已经领会到了鼹鼠的疑虑，"每年这个季节，人们都会躲在家里。大人、小孩、猫啊！狗啊的，在这个时候多半围在火炉边烤火。当我们从路边溜过去时，顺便还可以看看人们都在做什么。"

这时候的村子都笼罩在一片黑暗当中，偶尔有几束光从路边房子的窗户射出来。鼹鼠看到屋里的人正围在餐桌四周，女孩子在专心做女红，小弟弟在旁边指手画脚地说笑……每一个窗口内就像一座舞台。看到这些温馨的画面，水老鼠和鼹鼠的眼中都闪耀着感动的泪光。

水老鼠在前面带路，一心朝着河岸的方向走，他现在所有的心思都在想着他熟悉的小窝。

　　鼹鼠对这一带一点也不熟悉，他只好紧紧跟着水老鼠的脚步。不知道走了多久，他突然感到一阵触电般的战栗。起初他不明白这是什么样的讯息，只好定定地站住，用鼻子、耳朵、眼睛努力地搜寻。过了一会儿，他闻到了一股细微的气息，既熟悉又亲密的感觉一点一滴地勾起了他的回忆——那是家的召唤，那个安全又安静的"鼹鼠小窝"。

　　他从那个初春的早晨离开家一直到现在，都在跟着水老鼠到处冒险游玩，几乎把自己的家都忘记了。现在，老家就在不远的地方发出了召唤的信息，召唤他快快回去……

　　"鼹鼠，你愣在那儿干什么？"水老鼠发现鼹鼠落后了一段路，"快点跟上来呀！"

　　"水老鼠，我不能再走了，"鼹鼠的眼睛都被泪水模糊了，"我……我想回……回我的老家。"

　　水老鼠没有听清楚鼹鼠的话，再次催促着。"鼹鼠，我们现在不能再耽搁了，我很担心不久又要下大雪了！"

　　"水老鼠，拜托你……"

　　鼹鼠的恳求声在风中显得那么小，水老鼠还是在不停地走。可怜的鼹鼠不知道该怎么办才好。他该跟随水老鼠回到河岸去，还是呼应老家的召唤，回到属于鼹鼠的天地里？想了一会，鼹鼠朝着水老鼠的方向跑过去，他不能把朋友抛弃在深夜的旷野中。

水老鼠看到鼹鼠追了上来，大声地笑着说着他的计划：回家在火边烤火，吃着可口的食物。此时的他，完全没有注意到鼹鼠想家的表情。

最后他们走到田野的边缘，路边有几座树桩头。水老鼠停下脚步，对鼹鼠说："你好像累得走不动了，连说话的力气都没有。我们就在这儿歇歇吧！'家'就快到了！"

水老鼠说到最后一句"家"这个字的时候，鼹鼠再也压抑不住地开始哽咽。他闻不到"老家"的气味，感觉自己又失去了"老家"，心里说不出的悲哀，但那种悲哀又不能只摆在心里，他终于不能自制地"哇——"地大声哭了出来。

水老鼠吓了一大跳。他沉默了一会儿，然后才平和地问："怎么了？鼹鼠！有什么事惹你这样伤心，说出来，看看我能不能帮你？"

鼹鼠停止了哭泣，却哽咽地说不出话来。最后他终于开口道："我知道我的老家不如……你家那……那么舒服，也不如蛤蟆的大厦那么豪……豪华，更……更不如老獾的宅子那么宽敞，但是……它是我的老家，我真的喜欢它。"

"你在想家是吗？"水老鼠困惑地问，"是啊！你离开家真的很久了。但是，为什么你会在这个时候突然想家呢？"

"刚才……就在半路上，我闻到……"鼹鼠讲到这儿又差点儿说不下去了，"我闻到它的气味，就在附近不远的地方。我叫你……你不肯回头，我只好跟着你。后来气味愈来愈淡，最后，什么也没有了……我又和'老家'分开了……"

水老鼠这时总算明白了，他神情严肃地说："我真是一个蠢蛋、一只笨猪，居然没有听到你的叫唤……"

"不怪……不怪你。"鼹鼠的情绪逐渐稳定下来。

"来！我们说做就做，"水老鼠掉过头回到原来的路上，"现在就走！"

"你要……要到哪里去？"鼹鼠狐疑地望着水老鼠。

"去找你的家。"水老鼠轻快地说，"快点起来！我们一起好好地去找你的家。"

"回来，你回来。"鼹鼠站起身，追赶已经折回原路的水老鼠，"听我说，现在太晚了，而且那个地方离这里又很远。还有，天快要下雪了。我现在不那么急了。"

"我告诉你，我现在就要去找那个地方。"水老鼠诚恳地说道，"管它天晚不晚，下不下雪。走，拉着我的胳臂一起走！"

这段路程实在太长了，鼹鼠有好几次都要放弃回家的念头了。可是，水老鼠却依然坚定地往下走。

最后，他们走到一个地方，熟悉的气味隐约又出现了。鼹鼠专心地嗅着。他轻轻抽动鼻头去闻，跟随着那股气味，钻过矮树丛，翻过一堆土壤，跨过两三条干沟，终于踏上了一片广阔的原野。

忽然，鼹鼠像被电流击中一样，兴奋得每根毛都竖了起来，来不及向水老鼠诉说，就钻到地下去了。

水老鼠紧紧跟在鼹鼠身后，也钻到下地面。

鼹鼠的嗅觉没有错，他很快地钻进了一条"老地道"。

地道里的空气不流通，浓重的土味呛得水老鼠难受，但他还是紧紧跟着鼹鼠。

终于鼹鼠停了下来，划了一根火柴，照亮了眼前的景象。他们站在一块空地上，前面有个木制的小门，小门旁挂了一块门牌，上面是——"鼹鼠小窝"四个字。鼹鼠把门前的灯点亮了，在火光照映下，水老鼠看到了周围更宽敞的范围。

原来，这块空地已经被鼹鼠布置成一个小小的花园。门的右边有座休闲长椅，左边有一块形态很美的石头，地面整理得非常平坦，沿着边儿种植了各种蕨类植物。

鼹鼠的脸上洋溢着幸福，他把水老鼠请到室内，点亮了屋里的灯，在每件家具上都盖了厚厚的一层尘土，显得格外的冷清、简陋。

鼹鼠泄气地坐在椅子上，把脸埋在手掌里面。"我真搞不懂自己，"鼹鼠难过地说："为什么要带你来这个又破又小的地方。"

水老鼠没有回答，他忙着点亮每一盏灯，然后用快乐的语气说："好漂亮的房子！你真行，每个角落都布置得这么雅致！"

听了水老鼠的赞美，鼹鼠的心情好了许多。他迅速地找出抹布，把家里很快地打扫了一遍。

水老鼠在储物柜中找到一堆木柴，他利落地生起了壁炉的火。

"水老鼠，我恐怕没有东西可以请你吃，"鼹鼠发愁地揪着手上的抹布，"我已经很久没有回来了。"

"不要急，也许储物柜里会有一些吃的。"水老鼠安慰着好友。

他们分头去找，每一个抽屉，每一个柜子都没有放过，最后终于找到了一些食物。

鼹鼠摆好了桌上的餐具，情绪也在水老鼠不断地安抚下平静下来。"对了，我还要到储物室里看一看，也许还能有别的食物。"

当他去了一趟储藏室回来的时候，怀里抱了好几样食物——果汁、啤酒和一块没开封的乳酪。

"太丰盛了！"水老鼠赞叹道，"能在这间舒适的小房子里享用一顿美味的大餐，真是太棒了！"

他们坐下来，一边聊天，一边吃着美味可口的食物。鼹鼠聊到了自己做装潢、买家具，每件小东西都经过精挑细选……他说得眼睛发亮，愈谈愈兴奋。就在他们吃下最后一片燕麦饼的时候，门铃响了，前院里传来一阵细碎、嘈杂的说话声。

"我想是小田鼠们来了，"鼹鼠站起身，准备去开门。"每年这个时候，他们都会来这儿唱圣诞喜歌儿、报平安的。"

"我们一道去看看！"水老鼠拍掉身上的饼屑，快步跟上鼹鼠。

大门一开，眼前的景象充满了圣诞的气氛——有八只，哦！或许不止八只小田鼠，围成半圆形，最大的田鼠哥哥提了一盏牛角灯，昏黄的灯光照着十几只骨碌碌的小黑眼珠儿和九个哈着白雾的小鼻头；他们每一个的脖子上都围着一条大红围巾。田鼠哥哥一看大门开了，就发号施令："注意，开始唱喽！一、二、三！"随即他们就唱出一首古老的圣诞喜歌儿——

朋友们，外面天寒地冻难耐，

请你把家门宽宽地打开，

或许冷风吹进去，雪会飘进来，

请你把家门打开，

让我们进去在火炉旁取暖，

无限的喜悦将会降临！

我们来自遥远的地方，

站在你家门口的雪堆，

冻僵了双脚、缩着脖子，

等你——等你好心前来迎接，

我们就在街旁等你，

祝你永远幸福！

静夜原本黯淡，

明星突然闪现，

我们跟随而来，

祝你幸福万千，

祝你日日清晨快乐到永远！

约瑟困苦地在雪地前进，

看见马厩上有颗明星，

玛莉亚就要临盆，

这里的草堆十分温暖，

耶稣将在清晨降临！

空中传来天使的垂怜，

问"谁愿歌咏圣主的诞生"，

唯有马牛和羊儿在啼叫，

因为厩房没有外人。

等到明日清晨，

天赐荣耀将降临！

因为大家都认为耶稣是上帝之子，他的降临就是为解救人们的苦难来的，而这首歌所讲述的正是耶稣诞生的故事。这首歌引用这个故事，表达了幸福的人只要能帮助受苦的人，就会给别人带来很多快乐，自己也会获得诚挚的祝福。

歌声一停，就响起了热烈的掌声。小田鼠害羞地低着头，静静地一言不发。

"唱得真好，小朋友们。"水老鼠热忱地说，"请进来，大家全都进来吧！坐在火炉边烤烤火，去去寒气。"

"快进来，小田鼠们。"鼹鼠说道，"你们的喜歌儿一年比一年唱得好听了。来来来，就靠着壁炉排排坐，我去准备一些……天哪！我没有食物可以用来请客了！"

"不要急，这件事就交给我吧！"水老鼠很快就有了主意，"田鼠哥哥过来！你告诉我，刚才街上还有哪家店铺没有关门？"

"有，就拐角那家杂货店还没有关门。"田鼠哥哥回答。

"好，你马上去一趟，带着这些钱，去买……"水老鼠在田鼠哥哥的耳边低声说了好些话，断断续续地传到鼹鼠耳里……"我要巴肯牌的薄荷糖……你再买一些沾了糖粉的糖球……还有夹心饼……"

田鼠哥哥接过一个竹篮，提着牛角灯，一下子就跑得不见影子了。

鼹鼠把剩下的果汁依次都分给了小田鼠们。水老鼠往炉子里添了些柴火，旺盛的炉火照着一张张红扑扑的小脸，看起来是那么可爱。

水老鼠逗着小田鼠玩，"小弟弟，再唱一首歌给伯伯听，好不好？"

"现在不行，"最小的那只田鼠摇摇头说，"大哥哥不在，没有人给我们起音……"

正在这时，田鼠哥哥气喘吁吁地提着篮子回来了，满篮子的食物压得他喘不上气来。

糕饼、糖果、核桃、葡萄干……一大堆美味的食物堆满了桌子，鼹鼠觉得自己像是在看魔术表演，表演魔术的就是他最好的朋友——水老鼠。他看到小田鼠快乐地享用茶点，小嘴不是吱吱地吃，就是咯咯地笑，看得鼹鼠觉得自己是世界上最幸福的人。

这顿夜宵终于吃完了。小田鼠们吃饱喝足，说了许多祝福和感谢的话，就由田鼠哥哥领队，高高兴兴地回家去了。

"水老鼠，我真的这么觉得，你是……"鼹鼠诚心诚意地说，"你是我最大的'财富'！你帮我解决了许多难题。没有你，我绝对不能做得这么好。"

"不要放在心上，鼹鼠。"水老鼠打了一个大呵欠，"换了是你，也会这样帮助我的。你的卧室是不是里边的那一间啊？现在，我非得躺下睡觉不可了！"

水老鼠爬上了床，很快的，从被窝露出来的小鼻子就传出一阵阵的鼾声。

鼹鼠则睡在自己的床上，他闭上眼睛，感到熟悉的家的"气味"围绕在四周——松木小床、床头几、毛地毯……每样东西都用自己的气味来欢迎他。

鼹鼠沉沉地睡着了。小屋里回荡着两种不同的鼾声，以一种和谐的节奏此起彼落——"呼噜""嘘"……"呼噜""嘘"……

蛤蟆先生

这又是一个初夏明媚的早晨，河水又涨到了往年的高度，而且像往常一样欢快地流向远方。热烈的太阳仿佛用了细丝一样把禾苗拽出地面，大地上到处一片葱郁的绿色。

鼹鼠和水老鼠天一亮就起了床。因为划船的季节就要来到了，所以他们一直在忙着船上的事情，给船刷上油漆，再把它擦得亮亮的，接着他们就修船桨，补座垫，替上次丢失的船篙找一根新的……

他们在水老鼠的客厅快要吃完早饭时，忽然听到一声重重地敲门声。水老鼠不满地说道："讨厌！看看是谁，鼹鼠，好伙计，因为你已经吃完了。"

鼹鼠去开门，他先是惊奇地叫了一声，然后猛地打开客厅的门，郑重其事地对水老鼠说："獾先生驾到！"獾竟然来拜访他们，他们都有种受宠若惊的感觉。

獾从来不去拜访任何人，除非是别人特别需要他的时候才会露面。平常大家只是在清晨或者傍晚，獾悄悄地从篱笆旁走过时才能看到他的身影。否则，大家就要到树林深处他的家中去找他，不过那是要冒一定风险的。

獾脚步沉重地走进房间，站在那儿用严肃的表情看着鼹鼠和水老鼠说道："时候到了！"

水老鼠瞅了一眼壁炉架上的钟，疑惑地问道："什么时候到了？"

獾回答道："教训蛤蟆的时候！我过去说过，等冬天一过，我就要担负起对他的责任，我今天就要这样做了！"

鼹鼠开心地叫起来："教训蛤蟆的时候！我现在想起来了！我们要帮助他，让他做一个理智的蛤蟆。"

獾坐在扶手椅上，继续说道："我昨晚得到可靠的消息，就在今天早晨，会有一辆功率特大的新汽车，将送到蛤蟆家供他试用。我们必须行动起来，否则就来不及了。你们两个马上陪我去蛤蟆家，我们去实施拯救行动。"

水老鼠突然跳起来叫道："你讲得太对了，我们去拯救这个不幸的朋友吧！我们要使他转变过来！经我们努力之后，他将会成为变化最大的蛤蟆，否则我们就和他分道扬镳！"

他们三个一起上路了。就在他们到达蛤蟆家的马车道时，看见有一辆车身鲜红、闪闪发亮的硕大新汽车停在他的屋前。

突然，蛤蟆家的门猛地被打开了，戴着头罩、护目镜，身着一件特大外套，腿裹绑腿的蛤蟆先生昂首阔步、得意洋洋地从台阶上走下来，边走边往上拉带护臂的手套。

看到獾先生他们，便兴奋地大叫起来："哈罗！朋友们！你们来得正好，跟我一起去痛快痛快……"

他看见朋友们都冷着脸不说话时，又把邀请他们的话咽了回去。

獾大步走上台阶，严厉地对同伴说道："把他带进去！"

接着蛤蟆被强行带进门，他挣扎着，抗议着。这时，獾转过身来对负责新车的司机说："恐怕今天我们用不着你了，蛤蟆先生已经改变了主意，他不要汽车了。请理解，这话是不可改变的，你不必等了。"

说完他跟着其他人进了屋，然后关上了门。

当他们四个一起站在厅内时，蛤蟆气愤地问道："为什么要这么对我？给我说个明白。"

獾严肃地解释说："我知道迟早会走到这一步的，你把我们对你的所有的忠告都当成了耳边风。你一直在挥霍你父亲留给你的金钱。

"此外，你开车鲁莽，经常撞车，与警察闹事，使我们大家在这个地区背上了恶名。独立性是不错的，但是我们从不让朋友出洋相超出一定的限度，这个限度你已经达到了。

"虽然你在许多方面是个好人，所以，我不想对你过分苛求。但是我要再做一次努力，让你恢复理智。你马上跟我去吸烟室，你会听到一些关于你自己的事实。我们要看看，当你从吸烟室出来时，是否已经改过自新了。"

獾紧紧地抓住蛤蟆的手臂，把他带进吸烟室，随手关上了房门。

水老鼠轻蔑地说："这根本无济于事，对蛤蟆说教，绝对不能治好他的毛病，他什么话都不会听的。"

大约过了三刻钟，吸烟室的门终于打开了。獾用爪子庄严地牵着无精打采、垂头丧气的蛤蟆。蛤蟆的皮肤松松地牵拉着，双腿有些颤抖。显然他被獾的一席话打动了，面颊上布满了泪痕。

獾指着椅子亲切地说："坐在那儿，蛤蟆。"

他又对着鼹鼠他们说道："我很高兴地通知你们，蛤蟆终于认识到自己的错误行为了。他为自己过去的错误行为感到抱歉，并且他保证永远放弃汽车了。我已经得到了他的承诺。"

水老鼠疑虑重重地说："这确实是个好消息，只是……只是……"他一边说一边用眼睛严厉地注视着蛤蟆。

心满意足的獾接着说："你只要再做一件事就好了。蛤蟆，我要你当着朋友的面，再郑重地重复一遍刚才你承诺的事。"

接下来便是一阵沉默。蛤蟆绝望地这边看看，那边看看，而所有在场者都默默地、神色严肃地等待着。

他终于开口说话了，虽然有一些忧郁，但却很坚决："不！

我不感到抱歉，这些行为也绝不愚蠢，而是值得称道的！"

獾十分震惊地吼道："什么？你这自甘堕落的家伙！刚才在屋里你不是这么对我说的啊！"

蛤蟆不耐烦地说："是的，是的，在屋里我是什么话都说了。在屋里你想要我怎么样我就怎么样，你是知道的。但是，从那时起我就开始思索，把所有的事情反复考虑，最后我发现自己一点儿也不遗憾或后悔。所以说我悔悟是毫无用处的，是吧？"

獾坚决地说："那很好。既然你不听劝说，我们就要使用武力了，我一直害怕会到这个地步。你经常请我们三个来和你住在一起，住在你这所漂亮的宅子里，现在我们真的准备住进来。什么时候把你转变到正确的认识上来，我们什么时候再走，但在这之前我们是决不会走的。你们两个把他带到楼上去，并把他锁在卧室内，我们再来把事情安排一下。"

大家经过讨论一致决定，他们三个轮班看守他，直到他改好为止。

蛤蟆起初的确让三位监护感到非常头痛。当他的老毛病发作的时候，他会把房间里的椅子横七竖八地摆成汽车的样子，然后坐到最前面的那把椅子上，身子向前倾，眼睛死死盯着前方，嘴里发出粗鲁可怕的声音，直到最后翻一个大筋斗，直挺挺地躺在乱七八糟的椅子上。

他就这样可以暂时得到一种最大的满足。可是，随着时间的推移，这些痛苦的发作慢慢少了。朋友们试图转移他的注意力，可是他却对任何事都没兴趣，变得越来越没有精神，情绪也很低落。

已经几天过去了，蛤蟆像个无赖一样，每天躺在床上，一点悔改的意思都没有。这天早晨，轮到水老鼠去值班。他上楼去换獾，却发现獾坐立不安，急着要下楼去树林里走一走，去看看他的洞。

他在门口告诉水老鼠："蛤蟆还没有醒，也没有听到他说什么。你要当心点！蛤蟆最安静、最听话的时候，也是他最狡猾的时候，他肯定在打什么鬼主意，我十分了解他。好了，我要走了。"

獾带着鼹鼠走了以后，水老鼠走到蛤蟆的床边，亲切地问他："老伙计，今天还好吗？"

过了好一会儿，他才听到一个十分虚弱的声音回答："谢谢你，亲爱的水老鼠！你还记得问候我，真是太好了！不过你先告诉我，你和鼹鼠都好吗？"

水老鼠说："哦！我们都很好。"接着又随口加上一句："鼹鼠和獾一起出去了，他们要到吃午饭时才回来，所以今天上午只有我们俩在一起。我要让你好好开开心起来吧！这才像个好兄弟。天气这么好，不能总是躺在床上。"

癞蛤蟆喃喃地说:"亲爱的水老鼠,你还是不知道我的情况吧!也根本不知道我连床都起不来了——恐怕真的永远起不来了!可是不要为我担心了,我不会成为朋友们的一个负担的,我想这种情况也不会持续多久了。真的,我真不希望永远是你们的负担。"

水老鼠真心实意地说:"我也很想这样,这阵子我们一直在为你操心,我真的很高兴能尽早结束这种局面。我们并不嫌你麻烦,只是现在的季节是划船的好时候,为了让你变好,我们错过了许多美好的时光。"

蛤蟆懒洋洋地说:"恐怕你们还是要嫌我麻烦的,我完全可以理解,这是很自然的事。你们已经受够了,我再也不会给你们添麻烦了。我知道,人人都讨厌我。"

水老鼠说:"你没有说错。但是我要告诉你,只要你能改邪归正,我什么麻烦都不怕。"

蛤蟆更加有气无力地说:"我现在有一个重要的请求,也许这也是最后一次了,你尽快赶到村里去请医生。但你千万别担心,这只是个小毛病,也许我还是顺其自然为好。"

"你找医生干什么?"水老鼠边问边走过来仔细观察蛤蟆。

蛤蟆龋鼠静静地躺在床上,说话的声音很微弱,连脸色也变了。

蛤蟆又喃喃地说:"你一定已经注意到,也许没有,你为什么一定要注意到呢？注意到事情只有给自己带来麻烦。也许明天你会说：'啊！我要是早一点儿注意到就好了！我要是能想点儿办法就好了！'算啦！这太麻烦了，忘掉吧！就当我什么也没说。"

水老鼠开始有一点紧张了："你听我说，老伙计，你要是真的有病了，我当然可以请一个来，但是你现在还没有严重到那个程度。我们还是谈一谈别的事情吧。"

蛤蟆苦笑着说："我担心，亲爱的朋友，在这种情况下，谈别的事情也没有什么大用的，就是医生来了恐怕也没有什么用。不过人要是急了，就是一根救命的稻草也会抓住不放的。

"顺便说一句，你要是去请医生的话，我真不愿意再麻烦你，不过我突然想起来你要从他家门前走过，能不能求你顺便把律师也一起请来？这样我就要方便得多，因为一生之中总有一些时刻，也许我该说总有一个时刻，必须面对最后的结局，不管付出什么样的代价都无济于事。"

水老鼠对蛤蟆无懈可击的表演，已经信以为真了。他把所有的门窗都仔细检查一遍，锁好后急匆匆地离开了房间。

当水老鼠离开房间那一刻，蛤蟆大笑着跳下床，看着水老鼠的身影渐渐消失，他飞快地拿起小抽屉里所有的钱。然后，穿上最漂亮的衣服。一切准备停当以后，他把床单撕了结成绳，把绳的一端系在窗棂上，随后爬出窗外，顺着绳子轻捷地滑到地面，朝着与水老鼠相反的方向快步走去。我们可以想象到，当水老鼠回来时是多么后悔自己相信了蛤蟆。

吃午饭时，獾和鼹鼠回来了。对于水老鼠来说，这顿午饭简直是在受罪。他不得不可怜巴巴地在饭桌上和他们坐在一起，做出他们怎么也不相信的解释。

獾讲的刻薄话是他早就料到的，所以他能够受得了。最使他感到痛苦的是，平时总是站在他这一边的鼹鼠，这次也情不自禁地说道："水老鼠，你这次可真的不太精明啊！显然让蛤蟆这家伙给骗了！"

水老鼠垂头丧气地说："他当时装得太像了。"

獾生气地说："他骗你骗得太好了！但是只在这里讲废话也没有用。我们可以肯定他已经逃远了。现在最糟糕的是，蛤蟆一定为自己的小聪明感到十分得意，所以什么样的荒唐事情都会干得出来。"

"我们倒是自由了，不用再浪费我们宝贵的时间为他站岗放哨。不过我们最好还是在蟾宫多住几天，他随时都可能回来——要么躺在担架上，要么被警察扭送回来。"

虽然獾这样说，但是他也不清楚蛤蟆多久才会回来，也不知道这次他是否平安，还能否住在这所他祖先留给他的房子里。

此刻的蛤蟆快乐无比，正脚步轻快地沿着公路往前走。开始时，他为防备水老鼠他们追来，专走小道，穿过了许多田地，并且好几次都改变路线。现在他离家已经有好几英里了，他再也不用担心水老鼠他们会追来了。他心中唱着自我赞扬的歌，春风得意，踌躇满志，几乎要在马路上跳起舞来。

蛤蟆心里想："这一次我干得简直是太漂亮了，超水平发挥！以智力斗武力，智力占了上风——这是必然的。可怜的水老鼠！唉！等老獾一回来可就有他好看的了！不过，水老鼠真是个可以信赖的朋友，身上虽然有很多优点，只是智力差了一些，没有受过多少教育。我总有一天要把他掌握在我的手心里，让他完完全全听我指挥。"

蛤蟆现在心里想的都是这些自大的想法，想到得意时，他还发出爽朗的笑声。

这时，骄傲的蛤蟆看到小镇的路边有家酒店，他才感到他走了好久的路，肚子也饿了。他走进去要了一些短时间可以做好的菜，便大吃起来。

就在他快要吃完的时候，突然他听到一阵十分熟悉的声音。他先是吃了一惊，接着全身发抖。他听到了"噗噗"的声音！那声音越来越近，他能听到汽车拐进了餐馆的院子，然后停了下来。

蛤蟆一把抱住餐桌的腿，来掩饰他激动的心情。不一会儿，坐在车上的那些人走进屋来，他们滔滔不绝地讲着这辆汽车的种种优点。刚开始的时候蛤蟆还仔细地听他们讲话，可是过了一会儿，他再也听下去了，他起身到吧台付完账后，就径直朝那辆汽车走去。

汽车完全没人看守，院子里也根本没有人，因为所有人都忙着自己的事情。蛤蟆慢慢走到汽车旁边，仔细地打量着它，心里想道："我只是看看而已，这没什么坏处。也不知道这种车是不是很容易启动？"

紧接着，他发现自己竟然坐在驾驶室里，握住了汽车的启动把手把车发动起来了。当那熟悉的声音迸发出来的时候，过去那强烈的情感突然向他袭来，把他整个身心都控制了。

恍惚中，蛤蟆开着车子在院子里兜了一圈，然后就冲出了餐馆的大门。这一切仿佛是在梦中，一切都是非观念的，所有对严重后果的恐惧好像暂时都消失了。他加快了开车的速度，越过了田野，驶向了公路。

现在蛤蟆的心中只有一个想法：他又变成那个威风八面、不可一世的蛤蟆，那个所向披靡的、魔鬼般的蛤蟆，如果谁敢阻拦他，必定会被撞得粉身碎骨。

他一面飞快地开着车子，一面哼着轻快的歌曲，汽车也用响亮的"嘀嘀"声与他作答。一英里又一英里的路程在他的脚下闪过。他不知道要开向哪里，也不考虑后果怎样，只是凭着自己的感觉开车。

终于，蛤蟆要为自己的行为负责了。他因为盗窃汽车、违反交通规则、辱骂警察罪而被捕。

几天后在地方法院里,法院院长十分激动地说:"依我之见,本案证据确凿。现在唯一的问题是,我们怎样才能让地站在被告席上,让这个不可救药的无赖和顽固不化的流氓,充分地认识到事情的严重性。我们已经看到,他犯罪的证据确凿无疑。

"首先,他偷了一辆贵重的汽车;其次,他开车给公众造成了危险;第三,他辱骂警察。书记员先生,请告诉我们,这三条罪行中每一条最重的惩罚是什么?我们肯定不能给他减刑,我们决不能饶了他。"

书记员用钢笔搔了搔鼻子,然后说道:"有一些人认为偷汽车是最严重的犯法行为,这是没有错,但对警察无礼却应受到最严厉的惩罚。偷汽车判他一年徒刑是十分轻的;疯狂开车判他三年也是很宽大的;辱骂警察,哪怕我们只确信证人们证词的十分之一,这种辱骂行为都是极为严重的。要再判他十五年。这三项如果加在一起,就是十九年……"

法院院长插话说:"棒极了!"书记员最后说道:"为了保险起见,我们不妨干脆判他二十年。"

院长非常赞成地说:"这个建议非常好。犯人!你给我站直了。这次判你二十年徒刑。记住,要是你再犯法,不管是什么罪行,我们都将加重惩罚。"

接着，那些毫不留情面的警察们一下抓住可怜的蛤蟆，给他戴上手铐，拖着他出了法庭。

蛤蟆虽然百般哀求，抗议，但还是被带着穿过闹市区，那里的人们向他扔胡萝卜，还嘲笑他。这些人对犯人总是这样愤愤不平，就好比通缉人一样，他们总会乐意提供帮助。

默不作声的蛤蟆走过空空作响的吊桥，穿过布满了铁钉的吊闸，走进拱门便看到阴森的古塔高耸入云。他走过挤满了站岗哨兵的警卫室，哨兵们朝他狞笑着；他走过卫兵的身边，卫兵发出了可怕的咳嗽声——这是值班的卫兵对罪犯所能表示的最大的轻蔑和憎恨。

他走上盘旋而上的旧台阶，经过一些全身披着盔甲的卫兵，看见他们从面盔里射出十分吓人的目光。他穿过院子时，用皮带拴着的警犬提起前爪，要向他扑去。

他还遇到许多上了年纪的狱卒，他们的长矛靠在墙上，对着一块肉馅儿饼和一瓶黄啤酒打瞌睡。他被押着向前走，最后到达了位于整个监狱最里面一个最阴森恐怖的地牢门前。

他们在这里终于停住了脚。一个上了年纪的狱卒坐在那里，用手摆弄着一串巨大的钥匙。

警官一边取下头盔擦了擦额头上的汗水，一边对那个正在摆弄钥匙的狱卒喊道："狱卒！你这老混蛋，醒一醒吧！把这个罪大恶极的蛤蟆接过去。这是一个狡猾透顶、奸诈的罪犯，要对他严加看管，若是有什么差错，绝饶不了你。"

狱卒点了点沉重的脑袋，然后把粗糙的大手搭在蛤蟆的肩上。锈迹斑斑的钥匙在锁里"咔啦、咔啦"响过几声之后，巨大的牢门便"哐啷、哐啷"地开了。在全英格兰一座戒备最森严的监狱里、最僻远的地牢中，蛤蟆成为了一名孤独无助的囚犯。

黎明前的笛声

尽管现在是晚十时以后，但此时天光依旧残留着白昼时的余晖，留恋着不肯退去。柳林鹡鸰这时正在黑幽幽的树林里，轻哼着小曲，悠扬婉转。

鼹鼠在河岸边躺着，赤日炎炎，高温逼人，如此难耐的天气让他心烦意乱，开始的时候，他一直和同伴在河边玩儿，让水老鼠一人去水獭家赴约，那是很早以前同水獭约好的。

可是，时间久了，当鼹鼠回到屋子里，还不见水老鼠的踪影，他自己闲着没事儿，就只好躺在那里，回味着这一天经历的有趣的事情。

不知不觉，好大一会儿过去了，水老鼠轻轻的脚步踏着晒干的草地由远而近。"啊！多凉快呀！太美了！"他说着坐了下来，若有所思地望着河水，一声不吭。

"你在那边吃过晚饭了吧？"鼹鼠有点生气地问。

"没办法呀！"水老鼠说，"他们死活不放我走。你知道的，他们一向待人亲切，把我当亲人一样看待。可我总觉得不是滋味，因为我看得出，尽管他们竭力掩盖，可他们实际上很不开心，鼹鼠，他们恐怕是遇上麻烦了。小胖胖又丢了。你知道，他父亲是多么疼他，他父亲现在可伤心了。"

"什么？那个孩子吗？"鼹鼠不在意地说。"没关系的，他也不是小孩子，会回来的，他太爱冒险啦！这一带所有的居民都认识他，喜欢他，就像他们喜欢老水獭一样。总有一天，不知哪只动物会遇上他，把他送回家的。你只管放心好啦！你忘了，咱们自己不是还曾在好几里以外的地方找到过他嘛！他还挺得意，玩得开心着哩！"

"可是这一次不同于以往，"水老鼠沉重地说。"他没露面已经许多天了，水獭夫妇到处找遍了，还是不见他的影子。他们也问过方圆几里的每只动物，可都说不知道他的下落。

"水獭显然是急坏了，虽然他不肯承认这一点，但我从他那儿知道，胖胖游泳还没学到家，看得出，他担心会在那座河坝上出事。这个季节，那儿还有大量的水流出来，甚至，那地方总是让小孩子着迷的。而且，那儿还有——呃！陷阱呀什么的，这你也知道，那里很危险的。

"水獭现在真是六神无主了。我离开他家时，他送我出来，说是想透透空气。伸伸腿脚。可我看得出来，不是那么回事，所以我拉他出来。一个劲追问，终于让他吐露了实情。原来，他是要去渡口边过夜。你知道那个地方吗？"

"知道，而且很熟悉，"鼹鼠说，"不过水獭为什么单挑那地方去守着呢？"

"因为那是胖胖去过的最初的能游泳的地方。"水老鼠接着说。"那儿靠近河岸有一处浅水的沙嘴。那也是他经常教小胖胖钓鱼的地方。小胖胖的第一条鱼就是在那儿抓到的，为这他可得意呢！那孩子喜欢这地方，所以水獭想，要是那可怜的孩子还活着，在什么地方逛够了，他或许首先会回到他最喜欢的这个渡口来；要是他碰巧经过那里，想起这地方，他或许会停下来玩玩的。所以，水獭每晚都去那儿守候，为的就是能够第一时间找到胖胖！"

他俩一时都沉默了，都在想着同样的心事——漫漫长夜里，那个孤独、忧伤的水獭，蹲在渡口边，守候着，等待着，只为了抱一线希望。

"得了，得了，"过了一会，水老鼠说，"咱们该进屋睡觉了。"

可是，说归说，他却没有动弹。

"这就回去睡觉吗？"鼹鼠说，"不干点儿什么，我总觉得心里不踏实。咱们干脆把船划出来，往上游去，再过个把钟头，月亮就升起来了，那时咱们就可以借着月光尽力搜索，那样感觉还好一点儿。"

"咱俩想的一样。"水老鼠说。"再说，这样的夜晚也不是适合睡觉的夜晚。天很快就亮了，一路上，咱们还可以向早起的动物打听有关胖胖的消息，这样可以帮水獭好大的忙呢！"

船划了出来，水老鼠执桨，他们谨慎又飞速地向前划着。河心有一条狭长清亮的水流，隐隐倒映出天空。但两岸的灌木或树丛投在水中的倒影。看上去却如同河岸一样坚实，因此鼹鼠在掌舵时就得相应地作出判断。

这时，夜空中的景象可不同于漆黑的河面，这里有着各种细小的声响，那些小动物还在忙碌着，忙碌着……通宵干着他们各自的事情，直到初阳照到他们身上才回窝安息。河水本身的声音，也比白天来得响亮，那汩汩和"砰砰"声更显得突如其来，近在咫尺。时不时，会突然听到一声清晰的噪音，把他们吓一跳。

天空和地平线此时截然分明，在一个特定地点，一片银色磷光逐渐升高，扩大，衬得地平线格外黝黑。最后，在恭候已久的大地的边缘，月亮才徐徐升起，她摆脱了地平线，无羁无绊地悬在空中。

这时，他们又看清了地面的一切——广阔的草地，幽静的花园，还有夹在两岸之间的整条河，全都柔和地展现在眼前，一扫神秘恐怖的色调，亮堂堂如同白昼，但又大大不同于白昼。他们又去了老地方，这儿就像是换了模样似的，不知他们是否认得出来。

他们先把船系在一棵树上，上了岸，走进这静谧的银色王国，在树篱、树洞、隧道、暗渠、沟壑和干涸的河道里耐心搜寻。然后他们又登船，划到对岸去找。这样，他们来回划着，溯河而上。

那轮皓月，静静地高悬在没云的夜空，尽管离得这样远，却尽力帮他们寻找。等到该退场的时辰，她才依依不舍地离开他们，沉入地下。神秘又一次笼罩了田野和河流。

这时，天边开始亮了起来。田野和树林更加清晰可辨，而且多少变了样子，笼罩在上面的神秘气氛开始退去。一只鸟突然鸣叫一声，跟着又悄无声息了。一阵轻风拂过，吹得芦苇和蒲草沙沙作响。

这时候换成了鼹鼠执桨。水老鼠倚在船尾，他忽然坐直了身子，神情激动，聚精会神地侧耳倾听。鼹鼠轻轻地划着桨，一面让船缓缓向前移动，一面仔细审视着两岸。看到水老鼠的那副神情，他不由好奇地望着他。

"好可惜！怎么会听不到了呢？"水老鼠叹了口气，又倒在座位上。"多美呀！多神奇呀！多新颖呀！可惜这么快就没了，倒不如压根儿没听见。这声音在我心里唤起了一种痛苦的渴望，恨不能再听到它，永远听下去，除了听它，别的似乎都没有意义了！它又来啦！"

他喊道，又一次振奋起来。他听得入了迷，好半晌，不说一句话。

"声音又快没了，听不到了。"水老鼠又说。"鼹鼠啊！你没有感觉到吗？远处那悠扬婉转的笛声，那纤细、清脆、欢快的呼唤！这样的音乐，我从来没有梦想过。还有那强烈的呼唤！往前划，鼹鼠，划呀！那音乐和呼唤一定是冲着咱们来的！"

鼹鼠非常惊讶，不过他还是听从了。他说："我什么也没听到，除了芦苇、灯芯草和柳树里的风声。"

水老鼠现在哪里还管得了同伴在说什么。他心醉神迷，浑身战栗，整个身心都被这件神奇的新鲜事物占有了。他现在这种幸福的感觉估计没有人能体会得到。

鼹鼠按他的指示默默地划着船，不一会，他们来到了一处河道分岔的地方，一股长长的回水向一旁分流出去。水老鼠早就放下了舵，这时，他把头轻轻一扬，示意鼹鼠向回水湾划去。天色将曙，他们已能辨别两岸的鲜花的颜色。

笛声越来越近，越来越清楚了，水老鼠这时也更兴奋了。

鼹鼠也听到了那欢畅的笛声。席卷了他，整个占有了他。他屏住呼吸，痴痴地坐着，忘掉了划桨。他看到了同伴脸颊上的泪，便理解地低下头去。

他们俩都听得入了迷，任凭河边紫色珍珠草在他们身上拂来拂去。然后，伴随着醉人的旋律而来的，是又清晰又迫切的召唤，引得鼹鼠身不由己，又痴痴地俯身划起桨来。这时候天更加亮了，但是除了那如天籁般美妙的声音外，万物都很安静，连鸟鸣声都没有。

这个早晨，在两岸茂盛的草地地映照下，显得清新无比。他们从没见过这样鲜艳的玫瑰，这样丰茂的柳兰，这样芳香诱人的绣线菊。再往后，前面河坝的"隆隆"声已在空中轰鸣。他们预感到，远征的终点已经不远了。不管那是什么，它肯定正在迎候他们的到来。

回水湾被一座大坝环抱着，从一岸到另一岸，构成了一个半圆形绿色水坡，宽阔又明亮。泡沫飞溅，波光粼粼，把平静的水面搅出无数的旋涡和带状的泡沫；它那庄严又亲切的"隆隆"声，盖过了所有的声响。在大坝那闪光的臂膀环抱中，安卧着一个小岛，四周密密层层长着柳树、白桦和赤杨。它好像故意给客人一种神秘感，用一层面纱遮住了，神奇的东西，羞羞怯怯，隐而不露。

鼹鼠和水老鼠满怀期待，毫不迟疑地把船划过那喧嚣动荡的水面，把船停泊在小岛鲜花似锦的岸边。他们悄悄上了岸，穿过花丛、芳香的野草和灌木林，踏上平地，来到一片绿油油的小草坪，草坪四周，环绕着大自然自己的果园——沙果树、野樱桃树、野刺李树。

"这是歌曲之乡，这里有天籁的声音，这是我梦境中到过的地方，我寻找到了我演奏的那首仙音之乡，"水老鼠迷离恍惚地喃喃道。"要说在哪儿能找到'他'，那就是在这块神圣的地方，我们将找到'他'。"

鼹鼠心情异常宁静快乐，那是一种袭上心头并且紧紧抓住他的敬畏感，虽然他看不见，心里却明白，一个宏伟神圣的存在物就近在眼前。他费力地转过身去找他的朋友，只见水老鼠诚惶诚恐地站在他旁边，浑身剧烈地颤抖。天色也越来越亮了，四周依旧静得出奇。

那种强有力的召唤依旧很明显，虽然现在笛声已经停了，要不然，鼹鼠或许连抬眼看一看都不敢。他无法抵拒那种召唤，不能不用肉眼去看那隐蔽着的东西，哪怕一瞬间就要死去也在所不惜，他战战兢兢地抬起了谦卑的头。

就在破晓前那无比纯净的氛围里，大自然焕发着她那鲜艳绝伦的绯红，仿佛正屏住呼吸，等待这件大事——就在这一刻，鼹鼠直视那位朋友的眼睛。

他看到一对向后卷曲的弯弯的犄角，在晨光下发亮；他看到一双和蔼的眼睛，诙谐地俯视着他俩，慈祥的两眼间一只刚毅的鹰钩鼻。一张藏在须髯下的嘴，嘴角似笑非笑地微微上翘；一只筋肉隆起的臂，横在宽厚的胸前，修长而柔韧的手，仍握着那支刚离唇边的牧神之笛。

毛蓬蓬的双腿线条优美，威严而安适地盘坐草地上，而偎依在老牧神的两蹄之间，是水獭娃娃那圆滚滚、胖乎乎、稚嫩嫩的小身子，他正安逸香甜地熟睡。他屏住了呼吸，就在这时，他看到了这幅鲜明的景象——在晨曦中呈现的令他惊讶的景象。

"水老鼠，"好不产易才缓过气来的鼹鼠，战战兢兢地低声说，"你害怕吗？"

"害怕？"水老鼠的眼睛闪烁着难以言表的敬爱，低声喃喃道。"害怕？怕他？啊！当然不！当然不！不过……不过……我还是有点害怕！"

说罢，两只动物匍匐在地上，低头膜拜起来。

这时候，太阳从对面的天边升了起来。最初的光芒，横穿平坦的水浸草地，直射他们的眼睛，晃得他们眼花缭乱。等到他们再看到东西时，那神奇的景象已经不见了，取而代之的是鸟儿的欢呼声。

他们茫然了，因为才不大一会儿，那种天籁声就消失了，他们迷茫地看着对方，有种说不出的惆怅。这时，一阵忽忽悠悠的微风，飘过水面，摇着白杨树，晃着含露的玫瑰花，轻柔爱抚地吹拂到他们脸上，随着和风轻柔的触摸，顷刻间，他们忘掉了一切。

这正是那位慈祥的神送给他们的一件礼物——遗忘。为了不让那令人敬畏的印象久久滞留心头，给欢乐蒙上沉重的阴影，不让那段惊奇的回忆萦回脑际，损害那些被他救出困境的小动物的后半生，让他们还能像从前那样过得轻松愉快，神送给了他们这份礼物。

鼹鼠揉了揉眼睛，看着迷茫的水老鼠。他问："对不起，水老鼠，你说什么来着？"

水老鼠听到鼹鼠慢吞吞地回答："这才是我们要找的地方，

我们就应该在这里找到他。快看，快看，胖胖那个小家伙不就在那儿吗？"。

可是鼹鼠还没有反应过来，他在原地怔怔地站了一会儿，想着自己的心事。就像一个人突然从美梦中醒来，苦苦回忆这个梦。可又什么也想不起。

只模模糊糊感到那个梦很美，美极了！随后，那点美的感觉也渐渐消失了。做梦的人只得悲哀地接受醒过来的冰冷严酷的现实、接受它的惩罚。鼹鼠正是这样，他苦苦回忆一阵之后，伤心地摇摇头，跟着水老鼠去了，因为回忆的毕竟是过去的。

胖胖醒来，快活地叽叽叫了一声。他看到父亲的两位朋友，高兴地扭动着身子。可是不一会，他脸上露出茫然的神色，转着圈儿寻找什么，鼻子里发出乞求般的哀鸣。

他像一个在奶妈怀里甜甜入睡的小孩，醒来时，发现自己孤零零待在一个陌生的地方，就到处寻觅。找遍了所有的屋角和柜橱，跑遍了所有的房间，心里越来越失望。胖胖坐在地上哇哇地大哭，因为他搜遍了整个小岛，还是没有找到那种熟悉地感觉。

鼹鼠赶紧跑过去安慰这小动物，可水老鼠却迟迟不动，满腹疑云地久久注视着草地上一些深深的蹄印。

"有个……伟大的……动物……来过这里，"他若有所思地慢慢说，他站在那里，左思右想。

"快来呀！水老鼠！"鼹鼠喊道。"想想可怜的老水獭吧，他还在渡口苦等呐！"

胖胖听到他们答应他，让他乘水老鼠先生的小船在河上游荡，欣赏河面美景，胖胖这时才高兴起来。两只动物领他来到水边，上了船，让他稳稳坐在两人当中，打起桨往回水湾下游划去。

太阳已经升得老高，晒在身上暖洋洋的，鸟儿们无拘无束地纵情歌唱，两岸的鲜花冲他们频频点头微笑。可是，他们仍然感觉心里好像失去了什么，因为他们感觉，在另一个地方，他们见过比这里更美的景色，但是，令人伤心的是，那个地方到底是在哪里呢？

说话之间，他们来到了主河道。他们掉转船头，逆流而上，朝水獭朋友正孤独守候的地点划去。快到那个熟悉的渡口时，鼹鼠把船划向岸边，把胖胖挽上岸，让他站在纤道上，命他开步走，又在他背上拍了拍，算是友好的道别，然后把船驶到中流。

在那里，他们看到小家伙一蹦一跳地顺着纤道走去，看那神情好像是很高兴。只见他猛地抬起嘴巴，蹒跚的步子一下子变成了笨拙的小步，脚步加快了，尖声哼哼着，扭动着身子，像是认出什么来了。

他们向上游望去，只见老水獭一跃而起，纵身窜出他耐心守候的浅水滩，神情紧张又严肃。他连蹦带跳，跑上纤道，发出一连串又惊又喜的吼叫。

这时，鼹鼠把一只桨重重地一划，掉转船头，任凭那满当当的河水把他们随便冲向哪里，因为，他们的搜寻任务已经大功告成了。

"我现在好累，"鼹鼠有气无力地伏在桨上，由着船顺水漂流。"你也许会说，这是因为我们整宿没睡，可这并没有什么呀！每年这季节，我们每星期总有半数夜晚不睡觉的。对我们来说，好像刚刚发生了一件惊动人心的大事件，但转念一想，什么特别的事也没发生。"

"但回想起来，这件事情还真是惊人、美好。"水老鼠仰靠着，闭上眼睛喃喃道。"我的感觉跟你一样，鼹鼠，简直疲乏得要命，但并不是身体疲倦。幸亏咱们是在河上，它可以把咱们送回家去。被太阳晒在身上暖融融的，那种感觉舒适极了。"

"像音乐——遥远的音乐！"鼹鼠昏昏欲睡地点着头说。

"我也这样想，"水老鼠梦悠悠懒洋洋地说。"舞蹈音乐，那种节拍轻快又绵绵不绝的音乐！可是还带歌词，歌词忽而有，忽而没有。我断断续续能听到几句，这会儿又成了舞蹈音乐……这会儿什么也听不到了，只剩下芦苇细细的轻柔的窸窣声。"

"你真幸运，"鼹鼠悲伤地说，"我的耳朵没有你的好，我听不见歌词。"

"别悲伤朋友，我来试试把歌词念给你听，"水老鼠闭着眼睛轻声说，"现在歌词又来了，声音很弱，但很清晰！'为了不使敬畏长留心头、不使欢笑变为忧愁，只要在急需时求助于我的威力，过后就要把它忘记！'现在芦苇接着又唱了："忘记吧，忘记，'声音越来越弱，变成了悄悄话。

"现在，歌词又回来了："为了不使肢体红肿撕裂，我松开设下的陷阱，陷阱松开时，你们就能把我瞥见，因为你们定会忘记！'鼹鼠，快，快，把船划近些，靠近芦苇！歌词很难听清，而且越变越弱了。

"'我是救援者，我是治疗者，我鼓舞潮湿山林里的小小游子，我找到山林里迷路的小动物，为他们包扎伤口，嘱咐他们把一切忘掉！'划近些，鼹鼠，再近些！不行，没有用！那歌声已经消失，化成了芦苇的低语。"

"你听出这歌词的意思吗？"鼹鼠迷惑不解地问。

"我也没注意歌词的意思，"水老鼠只简单地回答，"我听到什么，就告诉你什么。啊！歌声又回来了，这回很完整，很清楚！这回到底是真实的，绝对错不了，简单，热情，完美！"

"那好，让咱听听，"鼹鼠说，他已经耐心等了几分钟，在炽热的阳光下他都有点瞌睡了。

他等了好大一会儿，仍没有听到水老鼠告诉他歌词，回头一看，才发现水老鼠脸带微笑幸福又满足地睡着了，是啊！他们都困倦了。

蛤蟆初次历险记

蛤蟆此时陷入了黑暗之中，他绝望了，痛苦得泪如雨下，因为他发现自己被囚禁在潮湿、阴暗的地牢里，这样他就和美好的外部世界隔绝了，想到自己刚刚还经历了兴奋、刺激的旅行，而此时竟沦落到这般地步，现在真是痛苦不堪啊！

"我什么都没有了，"他说，"至少，这是蛤蟆事业的完结，反正是一回事：那个名噪一时、英俊潇洒的蛤蟆，富有、好客的蛤蟆，如此自由自在、无忧无虑、快活轻松的蛤蟆，完了！怎么能指望出狱呢？因为多么鲁莽地偷了多么漂亮的汽车而被多么公正地投入监狱，多么苍白而富于想象的面孔，去藐视这群肥胖的红脸警察！"

这时，他哽咽住了。"我真是太傻了！现在，我就得在这个地牢里憔悴下去，直等到那些为认识我而自豪的人把蛤蟆的名字忘个干净！噢！聪明的老獾！噢！聪明、智慧的水老鼠，还有通情达理的鼹鼠！你们的判断是多么一针见血，对人对事是多么有见识有洞察！噢！不幸的、被人唾弃的蛤蟆！"

他越是悲伤，越是不能进食，连平常爱吃的小点心他也不碰一下。

老狱卒有一个善良美丽的女儿，是位可爱好心的村姑，她时常帮助父亲干一些轻活。她特别喜欢动物，除了养金丝雀，她还养着几只花斑水老鼠和一只不停打转的小松鼠。关金丝雀的那只鸟笼白天就挂在厚实的墙壁的一颗钉子上，令饭后需要打盹儿的囚犯们十分恼火。晚上，笼子就用椅背套盖好，放在休息室的桌上。这位好心肠的姑娘对蛤蟆的痛苦深表同情。

有一天，她对父亲说："爸爸！我不忍心看到那头可怜的动物难过成这个样子，一天天瘦下去！你就让我来看管他吧！我向你保证，我一定会让他高兴起来。"

老狱卒当然愿意啦！他再也不想和这只蛤蟆打交道了。他已经受够了蛤蟆，受够了他的脾气、他的架子和他的刻薄。于是，那天，她就开始履行这一慈悲的使命，去敲蛤蟆地牢的门。

"好了，振作起来，可爱的蛤蟆，"她一边哄，一边走了进去，"坐起来，擦干你的眼泪，做个理智的动物。一定要努力吃些东西。看看，我给你带了我的饭菜来，刚出炉，还热着呢！"

蛤蟆跟着这个女孩儿就幸运多了，此时，狭小的地牢里放着香喷喷的白菜炒土豆。白菜的香味富有渗透力，直达蛤蟆的鼻子，蛤蟆当时正趴在地上愁苦万状，闻到此味，不禁一度想到：或许，生活并非如他想象的这般乏味、无望。可是，他还在呜咽，蹬腿，拒绝安慰。

聪明的姑娘退出去了一会儿，当然，热白菜的大量香味还是留在了身后，回味无穷。

蛤蟆呢？渐渐地有了乐观的想法：想到骑士精神和诗歌；想到有待完成的壮举；想到广阔的草原和放牧其间的牛群，阳光和清风从它们身上拂过；想到菜园和整齐的绿地，还有被蜜蜂包围的热烈的金鱼草；想起了蟾宫餐桌上的盘盘菜肴，次第摆放下来，发出令人宽慰的叮当声，还有人们把椅子拉近餐桌就餐时，椅子腿划过地板发出的声音。

局促的地牢里，空气开始带上玫瑰的色调。他开始想念他的朋友，他们一定能够做些什么的；想到几位律师，他们肯定乐于受理他的案子，他居然没有请几个律师，真是愚蠢透顶！

最后，他想到自己了不起的智慧和应变能力，还有他所擅长的一切，只要他动用起自己伟大的头脑，哪有办不成的事！这时，他几乎已经完全恢复了自信。

几个小时以后，姑娘回来时，带来了一个托盘，一杯香茶在上面蒸汽缭绕，一个碟子上堆着热气腾腾的黄油吐司，切得厚厚的，两边烤得焦黄，大滴金黄的黄油从孔缝间渗透出来，就像蜂窝里的蜜糖。

黄油吐司的香味简直就在以毫不含糊的语调跟蛤蟆述说温暖的厨房故事；述说一个晴朗而严寒的早晨有怎样的早餐；述说冬夜里客厅温馨的炉边小景，主人刚刚散步归来，穿着拖鞋的双脚高高翘在火炉围栏上；述说惬意的猫咪怎样满足地呜呜叫唤，睡意矇眬的金丝雀又是如何喊喊喳喳。

想到这里，蛤蟆坐直了身子，擦干了眼泪，缓解了一下心情，喝了口茶，他开始吃姑娘送来的吐司了，而且，他开始和姑娘说话了，而且谈得很投机。

狱卒女儿发现，这些话题跟茶一样对他真是大有裨益，便鼓励他接着讲。

"跟我讲讲蟾宫吧！"她说，"听起来，它很美。"

"好啊！我很乐意给你诉说它的神奇，"蛤蟆自豪地说，"它是一位独立自主的地道绅士的住所，非常独特。部分设施可以追溯到14世纪，但是里面现代的便利设施应有尽有，时髦的卫生设备，离教堂、邮局和高尔夫球场只有5分钟路程。适于……"

"上帝保佑这头动物，"姑娘大笑起来，"我又不想买下这些，告诉我实在的情况吧！但是，先等等，让我给你再添些茶和吐司。"

姑娘为自己给蛤蟆带来快乐而满意，她转身跑开了，即刻又带回来新的满满一托盘食品。蛤蟆贪婪地大举进攻吐司，他的精神已经恢复到平时的状态，一边吃一边跟姑娘讲起了他的船屋、鱼塘和围墙内古老的菜园；还有猪圈、马厩、鸽房、鸡舍；还讲起奶牛场、洗衣房、瓷器橱、日用织物大壁橱；还有宴会厅，请其他动物围坐在餐桌旁。

蛤蟆果真来了精神，他神采飞扬，他们唱歌、讲故事、热热闹闹，好不快活。接着，姑娘想了解他的动物朋友，对他吐露的任何有关动物朋友的事都很感兴趣，他们如何生活，如何消磨时间。

当然，她没有说，自己是把动物当宠物来喜欢的，她能意识到，这么说定然会大大冒犯蛤蟆。

天色越来越晚了，于是姑娘问蛤蟆道了声晚安，给水杯续满了水，帮他抖好了干草，这时的蛤蟆已经颇像以前那个乐观风趣、志得意满的动物了。他唱了一两首请客时经常咏唱的歌曲，在干草堆中蜷起来，睡了个好觉，美梦迭出。

日子就在他们的欢快中一天天过去，狱卒女儿越来越替蛤蟆抱不平，认为让这么一头可怜的小动物，因为一个在她看来微不足道的罪过而受牢狱之苦，真是不应该。

蛤蟆呢！在他的虚荣心驱使下，以为姑娘对他的兴趣来自与日俱增的柔情，他禁不住对他们之间如此巨大的社会鸿沟遗憾不已，因为她是个标致的少女，显然对他非常仰慕。

这天早晨，姑娘不像以往，她看起来非常沉闷，有一句没一句地应着话，在蛤蟆看来，她压根没在意他的俏皮话和颇有思想火花的评论。

"蛤蟆，"她说，"听好了，我有个阿姨是洗衣妇。"

"好啦！好啦！"蛤蟆和蔼可亲地说，"没关系的，别再想这些了。我有好几个做洗衣妇的阿姨呢！"

"你能安静地听我说吗？朋友，"姑娘说，"你说得太多了，这是你主要的毛病，我想理个头绪出来，而你让我头痛。我刚才说了，我有个洗衣妇阿姨，她替这个城堡中所有的犯人洗衣——我们想把所有这类挣钱的买卖留在家族里，你明白？

她星期一早晨来取要洗的衣物，星期五晚上把洗好的送进来。今天是星期四。好了，我有一个主意：你很富有——至少，你一直以来是这么对我说的——而她很穷，几个英镑对你来说没什么，可对她来讲就是一大笔钱。我在想，假如跟她好好商量，你们就可以谈好条件，让她把她的衣服和帽子什么的让给你，然后，你就可以扮作官方的洗衣妇逃离这个城堡。我觉得这是个很好的办法，因为你们两个在很多方面都很相像，尤其是身材。"

"怎么会像呢！"蛤蟆怒气冲冲地说，"对我这样的动物来说，我的身材很优美。"

"难道我阿姨的身材不好吗？"姑娘答道，"我就说到这里。随你的便吧！我在为你抱不平，设法帮你，你还如此可恶、高傲、不知感恩！我生你的气了。"

"我错了，我错了还不行吗？好了，真的很感谢你。"蛤蟆急忙说，"但是，我是何等身份！你不至于想让蟾宫的蛤蟆先生假装洗衣妇到外面招摇过市吧！"

"那么，你就在这儿做你的蛤蟆吧！"姑娘生气地回答，

"想必你还要坐四轮大马车出去吧！"

蛤蟆最大的优点就是知错能改了。

"你真是个善良、聪明的好姑娘。"他说，"我的确是个自负、愚蠢的蛤蟆。我错了，那就按你的意思办吧！就把我介绍给你那位可敬的阿姨吧！我可以肯定，本人可以和那位出色的女士谈出令双方都满意的条件。"

姑娘想尽快把蛤蟆救出去，于是第二天晚上，姑娘把她的阿姨带到蛤蟆的地牢，把他一周洗的衣物包在毛巾里送来。那位老妇人对这次面谈事先已经有所准备，看到蛤蟆悉心放在桌上的明晃晃的几块金币，这件事就差不多敲定了，没什么讨价还价。

作为对他的回报，蛤蟆收到了一条印花布长裙、一条围裙、一条围巾、一顶褪色的黑女帽。对老妇人唯一的指令是她必须被堵上嘴捆起来，抛在角落里。

她解释说，尽管事情的外表显得很可疑，用这条并不十分令人信服的计谋，加上她自己可以编的一些冠冕堂皇的话，她希望还能保住目前的这份工作。

她的这个提议令蛤蟆十分高兴。这个办法可以让他以某种体面方式离开监狱，他那无可救药的混世魔王的名声也可以不受玷污，于是他积极配合狱卒的女儿，使她的阿姨尽可能显得像是失控状态下的一个受害者。

"你在得意什么呢！蛤蟆，"姑娘说，"脱掉你的外套和背心。你已经够胖了。"

她一边咯咯地笑，一边把蛤蟆套到印花布长裙里，用围巾打了一个很专业的结，将退色黑女帽的带子系在蛤蟆的下巴上。

"你们两个简直太像了，"她咯咯笑着，"只有我敢肯定，你有生以来从没有像这样体面过。好了，是该说再见的时候了。沿着你来时的路直走。如果有什么人跟你说话，男人嘛！他们可能会这样，你当然可以跟他们开会儿玩笑，但是，记住，你是个寡妇，孤苦伶仃活在这个世界上，还要保持好名声。"

蛤蟆也意识到逃走的不容易了，他小心地开始实施这项看来极轻率、极危险的行动，怀着一颗发抖的心，尽可能迈出坚定的步伐。

蛤蟆穿着洗衣妇的衣服，好像是通过各个栅栏门和可怖大门的通行证。即使他迟疑了一下，不确信该转哪个弯，也会受到下一个门的看守的帮助和解围，看守正急着想下岗去喝茶，就招呼他快些走，不要让他整晚等在那儿。

那些他不得不迅速给以有效反应的玩笑和俏皮话确实很危险，因为蛤蟆是有强烈自尊的动物，而这些玩笑大多数都很低劣，俏皮话也全然没有一点幽默感。可是，他还是耐着性子扮演着他的角色，实际上他做得很好。

蛤蟆觉得时间像停住了一样，好久，他才通过最后一个院子，谢绝来自最后一个哨所的恳切邀请，躲过最后一个看守张开的双臂，装腔作势地请求只给一个告别的拥抱，终于，他听到外大门中的小门在身后哐当一声关上，感觉到外部世界的新鲜空气接触到他那渴望已久的额头上，意识到——他自由了！

他成功了，现在有点发晕，他快步向镇上有灯光的方向走去，对下一步该干什么一无所知，只有一件事是肯定的，就是他必须尽快从这个熟识洗衣妇的地段撤出，这一带，她的人缘实在是太好了。

他一边赶路，一边想心事，注意力被不远处红红绿绿的灯光所吸引，那是在镇子的一侧，他的耳朵里则听到了火车头喷气呼叫，车辆转道的哐当声响。"啊！"他想，"我今天太幸运了！火车站正是我急需的，更重要的是，我不用穿过小镇去赶火车，更不用再去扮演那个丑陋的角色了。"

更幸运的是他去查了一下时刻表，发现有一班火车开往他家的方向，半小时之内就发车了。"真是运气多多啊！"蛤蟆精神大振，旋即来到票房买票。

他向售票员订了所要买的票，然后，他的手指开始机械地摸索必要的钱款，背心里本该有这点钱的。可这是条棉步长裙，已经堂皇地与他相伴到现在，而他却糟糕地忘记了这回事，令他伸手无门，徒劳无益。

无可奈何啊！他在这件怪模怪样的东西里挣扎了半晌，那衣裙像是把他的手给缠住了似的，把所有肌肉的努力化为了泡影，还从头到尾在嘲笑他；其他旅客这时已经在他身后排起了长队，等得不耐烦了，提些有价值、没价值的建议，发表些有用或没用的评论。

可是，他越是着急，越找不到，在身上摸了半天，连个装钱的口袋都没摸到！

身无分文的他，只好冷静下来，以一种绅士的风度说："不好意思，我发现我忘带了钱包。就把这张票给我，好吗？明天我就把钱送来。我在这一带还有些知名度。"

卖票的用瞧不起的眼神瞪了会儿他，然后大笑起来："我想你是常玩这种把戏才出名的吧？如果您不想买票，请您走开，行吗？别耽误其他旅客！"

这时，在他后面的老绅士毫无顾忌地把他推出了队伍，而且，更差劲的是，称他为他的好女人，这比那晚任何一件事都更让他生气。

他一点儿办法也没有，漫无目的地走下月台，眼泪沿着鼻子两侧滚了下来，那火车正停在月台边呢！他想，真够受的，眼看就平安无事，快到家了，就因为缺了几个破铜板，要受那些吃公粮的官员的阻挠。

他很清楚，他的越狱很快就会被发现，追捕马上就会开始，他会被抓住，被辱骂，被铐上镣铐，又一次拖进监狱，啃面包就冷水，睡干草；对他的看押和惩罚力度会变本加厉；最使他感到羞愧的是，那姑娘会怎样讥笑他啊！

怎么办？他的腿脚不快，不幸，他的身材也很好认。他能挤在马车的座位底下吗？他见过学童把考虑周到的父母所给的路费挪作他用，然后用这个办法实现旅行。

边走边想，不知不觉，他发现自己已经站在了火车头对面，仔细的司机正在给火车头上油，做全车身护理。这是一个强壮的男子，一手拿着油壶，另一只手捏着回丝。

"你好啊！大妈！"火车司机很有礼貌地说，"出了什么事，你看起来不太高兴。"

"噢！好心的先生！"蛤蟆又哭了起来，"我是个可怜的、不幸的洗衣妇，我把身上所有的钱都丢了，连一张车票都买不起，我今儿晚还一定得赶回家，不知道该怎么办才好。噢！天哪！我该如何是好呢！"

"这可实在太糟了，"火车司机若有所思地说，"丢了钱，回不了家，还有小孩在等你，我有没有说错？"

"我那些可怜的孩子啊！"蛤蟆抽泣着，"他们一定会饿坏的，会玩火柴，会弄翻灯具，这些不懂事的小孩！噢！我的天，我的天！"

"大妈，您先别伤心呢！"好心的火车司机说，"你说，你是个洗衣妇。很好，就是洗衣妇吧！我呢！我是个火车司机，你也看得出来。我从事的活很脏，所以我的衣服不得不天天换洗，但是，时间一长，太太就不愿管我了。假如你回家后肯帮我洗几件，然后替我送过来，我就让你在火车头里搭一程。虽然这么做是违反公司规定的，但是在这种冷僻地段，也不算是太特别。"

蛤蟆此时真是高兴坏了，他赶紧爬进机车驾驶室。当然，他此生从没有洗过一件衬衫，假如想洗也不会，不管怎样，他也不打算洗。

可是他想："等我安全回到蟾宫，又有了钱和放钱的口袋，我就会送这位火车司机足够的钱，够他在相当长时间里支付洗衣费，这也差不多，或许更好。"

在站警挥动旗帜与司机打招呼的合理配合下，火车开始前进。随着火车的加速，蛤蟆能在两边真切地看到田野、树木、篱笆、牛马——所有这些都从他身边飞驰而过。

他想，每分钟都将他更加拉近蟾宫了，他离他的朋友们越来越近，离能在口袋里叮当作响的钱而更近了，离安睡的软床、好吃的东西更近了，离对他的历险和超人智慧的赞美和仰慕更近了。

想到这些。他开始上蹿下跳，又嚷又唱，让司机惊讶不已，他当然不知道这位洗衣妇的高兴了。

车就这样地跑着，蛤蟆也越来越得意，这时，他发现司机一脸狐疑，一面倚在机车边上，一面费力地听着。

接着，只见他爬上煤堆，从火车顶部望出去，然后，他回来对蛤蟆说："很奇怪，咱们这班车是今晚去这个方向的最后一班，可是我敢发誓，我听到还有火车在跟着我们！"

蛤蟆突然想到了什么。他又变得惆怅沮丧，脊椎下段有隐隐的痛感，开始传递到双腿，令他只想坐下，竭尽全力不去想任何可能发生的情况。

这时天色渐晚了，月亮出来了，火车司机在煤堆上站稳后，可以看到身后很远的轨道。

他喊道："现在我能看清了！是辆机车，在我们的轨道上，跑得很快！像是在追我们！"

可怜的蛤蟆越听越害怕，他不知道接下来会发生什么。

"他们快赶上我们了！"火车司机喊，"会有什么事情呢？机车里挤着一群奇怪的人！像是古堡里的卫士，挥着矛戟；还有戴头盔的警察，他们在挥舞警棍；还有戴硬礼帽，穿着寒酸的汉子，哪怕这么远也不会看错，显然是便衣侦探，他们在挥舞左轮手枪和文明棍。"

这时，蛤蟆实在是忍受不住了，他跪倒在煤堆里，他向司机苦苦哀求道："救救我，救救我，好心的司机师傅，我什么都坦白了吧！我不是什么单纯的洗衣妇！也没有等我回家的孩子。"

"我是个蛤蟆——有名的、讨人喜欢的蛤蟆先生，有地产，刚刚逃出来，用我的过人胆识和智慧从讨厌的地牢里逃出来，是我的敌人把我投入了监狱。假如那辆机车里的人再把我抓回去，我又得戴镣铐、啃面包、喝冷水、睡干草，吃苦受罪了！"

司机十分严厉地俯视着他说："现在，说实话吧！为什么把你关了进去？"

"我真的没有犯什么罪，"可怜的蛤蟆说，脸红得厉害，"我只是趁车主用午餐的时候借用了一下小汽车——他们在那个时候也不用。我并不是有意要偷，真的，但地方法官对我的这种行为判得太过分了。"

司机表情非常严肃地说："恐怕你真的是个罪恶的蛤蟆，按理说，我该把你交出去的。但是，我还是很想帮助你。其一，我不赞成汽车；其二，我在自己火车上的时候，是不赞成被警察呼来唤去的。还有，看到动物流眼泪总是让我感到奇怪，让我心软。所以，打起精神来吧！蛤蟆，我会尽力的，而且我们还有可能打败他们！"

他们又添了煤，狠命地铲煤，炉子呼啸着，火星四溅，火车飞驰着，有些摇摆，可是追踪者还是渐渐地赶了上来。

火车司机叹了口气，用一大把回丝擦了擦额头说："蛤蟆，我们现在很危险，机车马上就会追上来了。我们只有一个办法了，那是你唯一的机会，所以听仔细：前方不多远的地方有一条长长的隧道，在另一头，铁路会穿过一片茂密的树林。"

"现在，我要在过隧道时全速前进，那些人则会将速度减慢一点，自然是怕出事故。我们过隧道以后，我会关掉蒸汽，尽可能刹住车，一旦安全，你就要跳车，在他们穿过隧道，发现你之前躲进树林里。只要你跳下去了，我就没什么事了，即使他们追上，也没什么关系！"

他们又添进了许多煤，火车射进了隧道，奔驰着，呼啸着，哐当作响，直到他们从另一头冲入新鲜的空气和宁静的月光中，看到树林森森然铺在前方，在轨道两侧都可以提供很好的掩护。

司机关掉蒸汽，开始刹车，蛤蟆走下踏步档，待火车几乎慢到步行速度的时候，只听到司机喊："现在，跳！"

蛤蟆配合得很好，他跳了，滚下短短的路基，毫毛未伤地站起身，连滚带爬地进了树林躲好。

这时候，他看见火车又在加速，很快就消失了。接着，隧道里又冲出一辆追车，轰鸣着，鸣着汽笛，上面各色人等挥动着各种武器，他们过去了，蛤蟆不禁开怀大笑，自入狱以来，他从没有这么高兴过。

正当他得意时，他突然想到现在已经很晚，很累，也很冷，笑声马上就止住了。他在不知名的树林里，身无分文，还没吃晚饭，离朋友和家园还有很长一段路，火车呼啸而过之后，周围一片死寂，这情形的确可以让人发抖。他不敢离开树林的荫蔽，所以就往林子里走，他认为离开铁路线才是最安全的。

在这里待了些日子后，他仍然感觉这里很不友好。夜鹰机械地叫唤着，令他觉得满林子是找他的看守，正向他逼来。一只猫头鹰悄声向他飞过来，翅膀刷过他的肩膀，吓得他跳了起来，以为是只手；然后呢，那像蛾子一样掠过，"嚯嚯嚯"低声笑着，在蛤蟆听来趣味很低下。

前些天，他又遇到一只狐狸，狐狸竟然很瞧不起地把蛤蟆从头到脚打量了一遍说："你好啊！洗衣妇！这个礼拜少了一只袜子和一个枕头套！下次不许再发生这种事啊！"

然后窃笑着，昂首阔步地走开了。

气得要命，该死的狐狸竟如此跟他说话，要是在他的地盘上，看他不好好收拾那狐狸一顿。最后，他又冷又饿，累坏了，才找了一个树洞休息，用树枝和落叶为自己尽可能舒服地铺了张床，一觉睡到天明。

旅游到天涯

人们的视野中依然是盛夏的繁荣，尽管夏天马上就要过去了。虽然农田里绿色的庄稼已经变得金黄，花揪果正在变红，树木斑斑点点地染上了一些不和谐的黄褐色，可阳光、气温和四周的色彩仍然没有特别大的变化，看不出任何夏去秋来的迹象。

然而，果园和篱笆旁那昼夜欢唱的歌声已渐渐消失，只有几个仍然不知疲倦的歌手还偶尔唱着他们的夜歌。空中飘荡着一种季节变化、送旧迎新的气氛。虽然这几个月来，布谷鸟的歌声一直是这里的主要角色，但是现在却消失匿迹了。

水老鼠也发现鸟儿一天天地向南移，甚至夜晚他躺在床上时，也能清楚地分辨出鸟儿划破夜空时急促地拍打翅膀声音。它们在响应大自然的召唤，大自然宏伟的旅店也像其他旅店一样，有自己的规矩。

随着客人们一个个收拾行装、付账离店，随着每次开饭时餐桌旁的空座位越来越多，随着一套套房间被关闭，一块块地毯被卷起，一个个服务员被辞退，那些留下来一直要待到来年的客人，不可能不受到这些迁移和告别的影响。

那些关于行动计划、飞行路线、未来新居的热切讨论，那条渐渐消退的友谊长河，不可能不对他们产生影响。看到这种情形，谁都会变得烦躁不安、神情沮丧、爱发脾气。

奇怪的是，水老鼠竟不知自己为了什么而烦躁。他曾经问过准备迁徙的动物，为什么会喜欢这样呢？为什么不能像我们这样安安静静、快快活活地留下来呢？你们不知道在其他的季节里，这座旅店是什么样子，也不知道我们这些留下来看到一年四季美景的动物们所享有的欢乐。

可那些动物总是会回答：你说得很对，我们是非常羡慕你们，我们将来也许会在这里住上一年，但我们这次已经安排妥当，汽车已经停在门口了，我们真的该走了！他们微笑着点点头，离去了。

水老鼠明白，他们是这里的过客，匆匆地来，匆匆地走，他们不会永远留在这里。可尽管如此，他还是不由自主地注意到了空中出现的情况，感觉到自己的骨子里受到了它的影响。

周围许多动物都在忙着迁移，水老鼠也很难认认真真地坐下来干点事情。河水越流越慢，水面也越流越低，草越长越密、越长越高。

水老鼠走进了金波荡漾的麦地。在这里，往日那些很有礼貌的田鼠和巢鼠的神情似乎都很专注，他们中有的正忙着掘地掏洞，有的三两个聚在一起仔细看小公寓的图纸，有的正把落满灰尘的箱子和衣篓往外拖，还有的在整理行李，忙得不亦乐乎。到处是成捆成堆的小麦、燕麦、大麦、山毛榉实和干果，已经做好了运送的准备。

看到这种现象，水老鼠严肃地说："你们玩的什么把戏？你们知道现在还不是考虑过冬的时候呢！"

有一只田鼠羞怯地解释说："这我们知道，可是提前做好准备总不是坏事吧！在那些可怕的机器在田里四处奔跑之前，我们必须把所有的家具、行李和储藏的东西从这儿搬走。再说，新的住宅也需要花很多时间整理，然后才能搬进去住呀！你说不早做打算行吗？"

他感到很无奈，一边走，一边思索着回到了自己的河边。在他看来，只有河流才是他忠诚不渝的老朋友。在河边的柳树丛中，水老鼠发现有只燕子栖息在那里，紧接着又来了一只，随后又飞来了第三只。这些燕子在树枝上焦躁不安，低声认真地交谈着。

水老鼠慢慢地走到他们跟前问道："你们这么匆忙是要做什么？我看这简直有点儿滑稽可笑。"

第一只燕子回答道："我们现在还不走，只是讨论今年要走的路线，这只有一半的乐趣。"

水老鼠说："乐趣？什么乐趣？这正是我不明白的地方。亲爱的朋友，你们离开这里，到一个陌生的地方去，会高兴会快乐吗？"

第二只燕子说："这些你当然不理解了。每年到了这个时候，我们都会感到内心有一种冲动，一种甜蜜的躁动不安。往事的记忆翩翩地飞回到我们心头，它向我们召唤，而我们也开始回应它，开始做一些迁徙的准备。"

水老鼠不明白他们在说什么，他把自己的想法说了出来："你们今年留下不走行不行？我们都会尽力让你们感到自在舒适的。"

第三只燕子回答说："有一年我曾试图要'留下'，开始几个星期一切都很好，可是后来，哎呀！难熬的漫漫长夜！白天终日不见阳光，冷得让人打战！空气又冷又黏，一英亩的空间没有一只昆虫！"

"我泄了气，在一个风雨交加的寒冷夜晚我展翅飞去，乘着强劲的东风，我顺利飞往内陆。当我振翅飞过崇山峻岭时，大雪纷纷扬扬地下着，我奋力拼搏才得以通过。"

"但是我不会忘记，当我放慢速度，飞临湛蓝平静的湖面时，热烘烘的太阳又一次照在我背上的那种幸福的感觉，也不会忘记吃的第一条肥虫的鲜美味道！那是一个多么可怕的日子啊！我一连悠闲地往南飞了好几个星期，从从容容，根本不用为时间担忧，但那来自南方的召唤无时不在。我已经有过教训了，决不能再违背自然法规。"

刚才与水老鼠说话的那两只燕子喃喃地说道："是啊！来自南方的召唤，来自南方的召唤！那里的歌声！那里的色彩！那里明亮的天空！你是否还记得？"

他们完全忘记水老鼠的存在，而陷入了热烈的回忆之中。

水老鼠也陶醉其中了。他明白，自己身上迄今始终处于休眠状态中的那根心弦，现在终于被拨动了。这些即将南飞的鸟儿叽叽喳喳的商谈声，他们道听途说得来的消息，足以唤醒他的原始感觉，让他激动不已。

要是真的体验一下那里的生活，真的感受一下南方阳光的热情抚摸，闻一下那里的清香，那他会发生什么样的变化呢？当他闭上眼睛时，可以超脱地梦见一切；可当他重新睁开眼睛时，他又回到了现实之中，四周的景色严酷、冷峻依旧。

水老鼠不无嫉妒地问燕子们："既然那里如此美好，你们又何必来这里呢？"

第一只燕子说："你以为大自然到时候就不会向我们发出另外一种召唤吗？绿茵茵的草地、湿润的果园、昆虫滋生的池塘、牧场上的牛群、翻晒的干草、天空下面那些星罗棋布的农舍，难道这些就不会召唤我们吗？"

第二只燕子接着说："你以为只有你才希望听到布谷鸟来年的歌声吗？"

没等第二只燕子说完，第三只燕子就抢着说："到了那里，我们仍会思念起这里，还有这里的朋友。但是今天，这一切显得那么遥远、那么惨淡。我们的血液中流淌的是另一种旋律。"

他们又叽叽喳喳地交谈了起来，这次谈到的是紫色的大海、金色的沙滩，让人听得心旷神怡。

水老鼠更加痴迷了，他的心中燃烧着激情。这些南飞鸟儿的叙述，使他全身心都感到快乐的震颤，他想亲身接触一下真实的南方阳光，嗅一丝真正的南方气息，他烦躁不安地走开了。

水老鼠爬上河北岸缓缓上升的斜坡，躺在那里向南面的丘陵望去。那些丘陵挡住了他的视线——丘陵的这边就是他的世界，就是他的一切。至于丘陵那边的世界，他以前既不想看，也不想知道。

可是今天，当他心中带着新的渴望向南眺望时，他觉得明亮的天空好像充满了希望，他没有看到过的东西成了他生命中的一切，他不知道的一切才是他生活中最真的东西。

他向往那里，现在他生活的地方万物萧条，而那一边则绚丽多彩，他仿佛看到了汹涌澎湃的大海，阳光明媚的沙滩，宁静舒适的海港，还有绿茵的草地、湿润的果园等。

他迷茫了，走着走着来到了尘土飞扬的小路旁。小路旁长着浓密的灌木，非常凉爽。水老鼠躺在那里，想着铺了石子的路面，想着这条路所通向的奇妙的世界。他想着所有那些在这条路上走过的人们，想着他们去远方所能找到或没有找到的财富。

这时候，他看到了一个旅行者的身影。这位旅行者也是一只老鼠，他走到水老鼠跟前，做了个颇有些外国味的手势，很有礼貌地打招呼，然后微笑着坐在水老鼠身旁的草丛中。

水老鼠看到他累坏了，看着他疲倦的样子，水老鼠便没有开口与他说话，就让他休息了。因为水老鼠知道他心里在想什么，也知道无声的友谊有时对动物是多么宝贵，特别是当疲惫的身心需要休息的时候。

这位跋涉者身材消瘦，显得非常精干，双肩微微隆起，爪子细长，眼角布满了皱纹，圆乎乎的耳朵上面戴着一对小小的金耳环。他身上那件蓝色的运动衫已经褪了色，脏兮兮的裤子也打满了补丁，只能隐隐约约看出是蓝色布料，他的小小行李捆在一块蓝色的棉布里。

过了一会儿，这个新来的客人开始说话了："风吹来的是三叶草的芳香，我们身后传来的是奶牛吃草的声音和它们轻轻地打响鼻儿的声音。远处传来了收割庄稼的人的说笑声音，林间的农舍升起了一缕蓝色的炊烟。附近有河流，因为我听到了松鸡的叫声。"

"看你的身材，我知道你一定是个内河水手。朋友，你的日子一定过得很舒心。如果你身体强壮，你能够享受这一切的话，那你过的无疑是世界上最美满的生活！"

水老鼠像做梦似地回答道："是啊！这就是生活，是唯一有意义的生活。"

不知怎的，他觉得自己的话语里缺乏平常惯有的信心。那位新来的老鼠小心翼翼地说："我倒是没有那么说，但这确实是美好的生活。我自己也曾有过这种生活，所以知道它的滋味。"

"正因为我刚刚经历过这种生活——我过了六个月这种生活，知道它是多么美好，所以现在才这样拖着酸痛的双腿，饥肠辘辘地离开它，向南去，听从古老的召唤，回到过去的生活中去——回到那属于我的、我怎么也摆脱不了的生活中去。"

水老鼠心中想道："难不成他也是要迁移的过客？"

他问道："你从哪儿来的？"

新来的老鼠回答说："我是一只航海的老鼠，最初来自君士坦丁堡港口。对我来说，我出生的城市与它和伦敦河之间任何令人愉快的港口一样，都是我家。我对它们了如指掌，它们对我知根知底。所以，我没有固定的家，但也处处有家，只要到了码头或者海滨，我就算是到了家。"

"原来你是只海老鼠，很高兴认识你。"水老鼠兴趣盎然地说："我想你漂洋过海的时候，一定过的是那种一连几个月看不到陆地、粮草不够、淡水不足、只有大海为伴的生活吧？"

海老鼠坦率地说："根本不是，你说的那种生活我过不来。我只是在近海活动，很少远离陆地。吸引我的不仅有海上的生活，还有陆地上的生活。啊！像那些南方的港口啊！它们的气息，还有夜间的锚位灯，多么的迷人啊！"

"也许你选了一种更好的生活方式。"水老鼠嘴上这么说着，心里却不免有些怀疑。"你能给我讲一讲近海的生活吗？给我讲讲看，一个有灵性的动物能从中得到什么呢？有什么样的壮举可以让他在寒冬腊月生在火炉旁尽情回忆。我向你说实话，现在我感到自己的生活圈子有些太狭窄了。"

海老鼠也热情了起来，他便给水老鼠讲起了航海的经历，他说："我上次出海，本来怀着很大的希望要回内地农场，结果却来到了这个国家。我离开家是因为家庭的原因。家里闹翻了天，我就登上了一艘小商船从君士坦丁堡出发，经过了古老的大海，去希腊群岛和地中海东部。

"波浪轻轻地拍打着船身，给人留下了终生难忘的回忆。白天阳光灿烂，夜晚和风徐徐。每天出入港口，到处都能碰到朋友。在烈日炎炎的中午，我们睡在凉爽的庙宇或废弃的地下蓄水罐里。日落之后，我们顶着满天的星斗和天鹅绒一样的夜幕吃喝、歌唱！

"后来，我们沿着亚得里亚海航行，整个海岸时而变成琥珀色，时而变成玫瑰色，和蔚蓝的大海交相辉映。我们就停泊在陆地怀抱的宽阔的港口，我们在古老而神圣的城市里漫步。终于，在一个早晨，绚丽的太阳从我们的身后升起后，我们沿着铺满了阳光的金色水道驶进了威尼斯。

"啊！威尼斯可真是座漂亮的城市！在那个美丽的城市里，我们可以悠闲地散步、玩耍！等夜晚到来、双脚走累的时候，你可以坐在大运河旁，和朋友们一起吃饭喝酒。这时，空中飘荡着音乐，天际布满了星星，灯光照耀在锃光发亮的钢制船头上。

　　"那些小船明晃晃的，随波摇摆，并且一只紧挨着一只停在那里，你都可以踩着它们过河！至于吃的嘛！哈哈！就说到这里吧！我们不能总是谈这些。"

　　海老鼠沉默了一会儿。水老鼠听得如痴如醉，也呆呆地不说话。他觉得自己仿佛漂浮在梦中的运河上，听到了排排巨浪之间、朵朵浪花之中传出来的阵阵歌声。

　　海老鼠接着说："我们沿着意大利海岸，到达了美丽的巴勒莫。我在那儿下船，在岸上度过了很长一段快乐时光。我从不在一条船上待得太久，这样人会变得心胸狭窄，产生偏见。"

　　"后来我顺便搭乘了一艘去大陆运酒的船，我们在晚上到达阿拉西奥。第二天早晨，我去大橄榄林待一会儿，休息一下。因为眼下我已经不和岛屿打交道了，而常和港口和船舶打交道，所以我在农民中过着懒散的生活，躺着看他们干活，或者伸展四肢高高地躺在山坡上，俯瞰下面蓝色的地中海。最后，我们还到了马赛，在那里我们吃到了美味可口的虾蟹。"

　　有礼貌的水老鼠说："你还没有吃午饭吧？走，和我一块儿去吃吧！我的家就在附近。现在已过了中午，我那儿有什么你可以吃什么。”

海老鼠说：“你这么关心我，真让我感动。我坐下来的时候就已经饿了，不过，你能不能把食物拿到这儿来？那样我们可以边吃边聊，我可以再告诉你一些有关我的航海和生活的故事。”

“好啊！好啊！”

水老鼠说完便匆匆往家赶去。在家里他拿出午餐篮，包了一餐简单的午饭，想到这陌生人的籍贯和喜好，他细心地在篮中放了一长段法式面包，一根香肠，还有一些奶酪。然后带着这些东西，他飞快地回到原处。

海老鼠看到这个朋友对自己如此热情和体贴，便来了精神，滔滔不绝地说着自己的精彩经历，把水老鼠整个身心都吸引住了。

他那双灰绿色的眼睛不断地改变着颜色，仿佛是北方波涛汹涌的大海，杯中红宝石般的美酒就像是南方的心脏，在为他这个有勇气的人而跳动。

海老鼠的话语像涓涓细流，从嘴里流淌出来，对于水老鼠来说，那简直就像是水手们把滴着水珠的船锚拉出水面时的号子声，像帆索在强劲的东北风中发出的洪亮的嗡嗡声，像渔夫在落霞满天的黄昏收网时唱出的歌谣，又像是威尼斯那些小船上传出的吉他和小提琴的琴声。

他的话语仿佛变成了风声，起初平淡无奇，继而转成狂风的呼啸，再化为撕裂一切的怒号，最后变成船帆上优美动听的风声。水老鼠完全沉醉其中了，久久不能自拔。

海老鼠越讲越起劲儿，他看到这位痴迷的听众对自己的崇拜，也感到很高兴，有种相见恨晚的感觉，于是，他又跟水老鼠讲自己经历的十几个港口的种种冒险、战斗、逃脱、聚会、同伴友情和英雄的行为；他讲自己在各个岛上寻宝，在咸水湖中捕鱼，整天在温暖的白色沙滩上打盹儿。

他讲述深海捕鱼，一英里长的大网捕获了许多鱼，闪着粼粼的银光；他讲突然而至的危险，讲快乐地返乡，讲码头上快乐欢呼的人群，讲他们脚步疲惫地走上陡峭的小街，向挂有红色窗帘的透出灯火的窗口走去……

水老鼠听得如醉如痴，激动得全身颤抖。

他向水老鼠讲完自己的冒险经历后，便起身说道："我该上路了，你参加吗？年轻的兄弟！因为时光流逝，绝不会再来，南方仍然等着你。加入冒险，响应召唤吧！向前迈出欢乐的一步，从此你便跨入了新生活！然后在很久之后的某一天，慢慢从这儿走回家去，你傍着那条平静的河坐下来，这时陪伴你的会有许许多多美好的回忆。"

说完这些，这位朋友便走了。

随后水老鼠也迷迷糊糊地回到了家，收拾了几件小小的必需品和他钟爱的宝贝，把它们放入一个小背包中挎在肩上，又精心挑选了一根适合运动用的粗棍棒，然后毫不犹豫地头也不回地跨出了门槛。

就在这时，鼹鼠出现在门口，他抓住水老鼠的手臂惊奇地问道："你这是上哪儿去？"

水老鼠根本不看鼹鼠，用梦幻般的单调声音喃喃地说："到南方去，跟他们一起去。到召唤我的国度去。"

大惊失色的鼹鼠用身体挡在他的面前，直视着他的眼睛。他看见水老鼠目光呆滞。他用力地与水老鼠撕扭了一番，把他拖进屋内，放倒在地，用力按住。

水老鼠拼命挣扎了一会，后来他的力气似乎突然消失了。他静静地躺着，筋疲力尽，双目紧闭，浑身颤抖，过了一会儿，又歇斯底里地抽噎起来。

鼹鼠关紧了大门，把水老鼠的背包扔进一个抽屉锁好，平静地坐在他朋友旁边的桌上，等待着他这奇怪的发作消失。渐渐地，水老鼠打起盹儿来了，但他睡得不安宁，不时地惊醒，嘴里喃喃地说着一些含混不清、奇怪狂乱的话。

在天黑的时候，水老鼠清醒过来，但还是没精打采的，一句话也不说，情绪异常低落。鼹鼠飞快地瞥了他一眼，惊喜地发现他的眼睛又像从前那样清澈，那样黑里带点棕黄。他在水老鼠旁边坐下来，不停地劝着他，让他讲讲刚才所发生的事。

可怜的水老鼠尽量慢慢地把事情解释清楚，可是冷冰冰的言语又怎能把他心中的感受表达出来呢？而且，他所听到的那些萦绕在耳旁的大海的声音怎么能回忆得起来呢？那位航海家上百件魔术般的奇遇又怎能再现出来呢？现在那魔力已经过去，那光辉也已经消失，几个小时前那么不可动摇的事情，他都不知对自己怎么解释。所以，也就不奇怪他无法把这一天的事情清楚地告诉鼹鼠了。

鼹鼠只知道一点：那阵歇斯底里的发作，现在已经过去了。虽然水老鼠所受的打击还没有完全消失，但他已清醒过来了。

不过，他好像对他日常生活中的事情失去兴趣，就连季节变更所要做准备工作的事也失去了兴趣。

为了调整水老鼠的心态，鼹鼠故意地与他谈起了正在收获的庄稼，谈起了高大的马车和拉车的马，谈起了不断增高的草堆，谈起了一轮硕大的明月冉冉升起，照在遍布着一捆捆庄稼的田野上，谈起了四处正在成熟变红的苹果、成熟变成棕色的坚果，谈起了果酱、蜜饯和酒的蒸馏制作……

他就这样不紧不慢地讲到隆冬季节，讲到冬季的尽情欢乐和温暖舒适的家庭生活。

水老鼠渐渐地坐起来并加入到他的谈话当中。他迟钝的目光变得十分明亮，也恢复了几分精神。

机灵的鼹鼠立刻溜了出去，拿来了一支铅笔与几张小纸片，把它们放在水老鼠旁边的桌子上，说道："你已经好久没写诗了，也许今晚可以试试，省得胡思乱想。我觉得，你要是写下一点儿什么东西来，就会感觉好多了——哪怕写几句顺口溜也可以呀！"

水老鼠疲倦地把纸推到一边，但细心的鼹鼠乘机离开了房间。过了一会儿，当他偷偷地朝屋里张望时，看到水老鼠正专心致志地思索着，全然不顾周围的一切。只见他时而奋笔疾书，时而咬着铅笔头。

虽说水老鼠咬笔头的时间比书写的时间长，但是鼹鼠还是感到很高兴，因为他知道这个治疗方法已经开始起作用了。

蛤蟆二次历险记

由于树洞的大门面向东面，因此蛤蟆一早就醒了，一部分因为阳光照在他的身上，另一部分因为他的脚尖痛，使他梦见自己睡在舒服的大床上。他梦见那是一个寒冷的冬夜，他的被子全都爬了起来，一个劲儿抱怨说受不了寒冷，全都跑下楼到厨房烤火去了。

他也光着脚跟在后面，跑过好几里长冰凉的石铺道路，一路跟被子争论，请它们讲点道理。他要不是因为在石板上的干草堆睡了几个星期，忘记被厚厚的毛毯包围着的温暖的感觉，他也许会醒得更早。

他坐起来，揉揉眼睛，又揉了揉直发疼的脚尖，弄不清自己在哪里。他四下里张望，寻找他熟悉的石头墙和装了铁条的小窗。然后，他的心蓦地一跳，什么都想起来了——他越狱逃亡，被人追撵，而最大的好事是——他自由了！

自由！单是这个字眼和这个念头，就值50条毛毯。外面那个欢乐的世界，正热切地等待他胜利归来，准备为他效劳，向他讨好，急着给他帮助，陪他作伴，就像他遭到不幸前的那些时光一样。想到这，他感到通身热乎乎的。他抖了抖身子，用爪子梳理掉毛发里的枯树叶。

整理完毕，他大步走进明媚的晨光里，虽然冷，但充满信心，虽然饿，但充满希望。昨天的紧张恐惧，全都被外面温暖热情的阳光一扫而光。

在这个夏天的早晨，整个世界都属于他一人了。他穿过带露水的树林时，到处都是静悄悄。走出树林，绿色的田野也都属于他一人，随他想干什么。来到路上，那条路像一只迷途的狗，正急着要寻个伴儿。而蛤蟆呢！他却在寻找一个会说话的东西，能指点他该往哪去。

是啊！要是一个人轻松自在，心里没鬼，兜里有钱，又没人四处搜捕你，那么你信步走来，随便走哪条路，上哪里去，都一个样。可实际的蛤蟆却忧心忡忡，每分钟对他来说都事关重要，而那条路却硬是不指点你该怎么走，你拿它毫无办法，恨不得踹它几脚才解气。

这个沉默不语的乡间道路，不一会就有了一个小兄弟——一条小渠。它和道路手拉手，肩并肩缓慢往前走，它对道路绝对信赖，可对陌生人却闭紧了嘴，一声不吭。

"真讨厌！"蛤蟆自言自语说。"不过有一点是清楚的，它俩一定是从什么地方来，然后到什么地方去的。这一点，蛤蟆，你总没法否认吧？"于是他耐着性子沿着小渠大步朝前走去。

蛤蟆绕过一个河湾，只见前面走过来一匹孤零零的马，那马向前佝偻着身子，像在焦虑地思考什么。一根长绳连着他的轭具，拽得紧紧的，马往前走时，绳子不住地滴水，较远的一端更是滴着珍珠般的水滴。蛤蟆绕过马，在旁边站着，想看看命运会给他送来什么。

一只平底船滑了过来，和他并排行进。船尾在平静的水面搅起一个可爱的旋涡。船舷漆成鲜艳的颜色，和纤绳齐高。船上唯一的乘客，是一位胖大的女人。头戴一顶麻布遮阳帽，粗壮有力的胳臂倚在舵柄上。

"早晨天气真好呀！"她把船驾到蛤蟆身旁时，跟他打招呼。

"是的，太太，"蛤蟆沿着小路和她并肩往前走，彬彬有礼地回答。"我想，对那些像我这样遇到麻烦的人，确实是一个美好的早晨。你瞧，我那个出了嫁的女儿给我寄来一封十万火急的信，要我马上去她那儿，所以我就赶紧出来了。也不知道她那里出了什么事儿？

"你要是也做母亲，一定会懂得我的心情。我丢下自家的活计——我是干洗衣这行的，丢下几个小不点儿的孩子，让他们自己照料自己，这帮小鬼头，世上再没有比他们更淘气捣乱的了。而且，我又丢了所有的钱，又迷了路。我那个出了嫁的女儿会出什么事儿？太太，我连想也不愿想！"

"你那个出了嫁的女儿家住哪儿，太太？"船娘问。

"好像就在这条河的附近吧！"蛤蟆可怜兮兮地说，"挨着那座叫蟾宫的漂亮房子。你大概听说过吧？"

"蟾宫？噢！我正往那个方向去呢！"船娘说。"这条水渠再有几里路就通向大河了，离蟾宫不远了。上船吧！我捎带你一程。"

船娘把船架到岸边，蛤蟆千恩万谢，轻快地跨进船，心满意足地坐下。"蛤蟆又交上好运啦！"他心想，"我总能化险为夷！"

"这么说，太太，你是开洗衣行业的？"船在水面滑行着，船娘很有礼貌地问。"我说，你有个颇好的职业，我这样说不太冒失吧？"

"全国最好的职业！"蛤蟆飘飘然地说。"所有的上等人都来我这儿洗衣，不肯去别家，哪怕倒贴钱他也不去，就认我一家。我特别精通业务，所有的活我都亲自参加。洗、熨、浆、修整绅士们赴晚宴穿的讲究衬衫等，一切都是我亲自监督完成的！"

"但是，太太，你当然不必亲自动手去干所有这些活计啰？"船娘恭恭敬敬地问。

"噢！我手下有许多姑娘，"蛤蟆随便地说。"干活的就有二十来个。可是太太，你知道姑娘们都是些什么玩意儿！邋遢的小贱货。我就管她们叫这个！"

"我也一样，"船娘打心眼里赞同说。"一帮懒虫！不过我想，你一定把你的姑娘们调教得规规矩矩的，是吧！你非常喜欢洗衣吗？"

"我爱洗衣，"蛤蟆说。"简直爱得着了迷。两手只要一泡在洗衣盆里，我就快活得不得了。我洗起衣裳来太轻松了，一点都不费劲！我跟你说，太太，那真是一种享受！"

"遇上你，真幸运啊！"船娘若有所思地说。"咱俩确实都交上好运啦！"

"唔？这话怎么讲？"蛤蟆紧张地问。

"嗯！是这样的，你瞧，"船娘说。"我跟你一样，也喜欢洗衣。其实，不管喜欢不喜欢，自家的衣裳我都得自己洗。我丈夫呢！老是偷懒，他把船交给我来管，所以，我哪有时间料理自家的事。按理。这会儿他该来这儿，要么掌舵。要么牵马——幸亏那马还算听话，懂得自个儿管自个儿。可我丈夫他没来，他带上狗打猎去啦！看能不能打上只兔子做午饭。说他在下道水闸那边和我碰头。也许吧——可我信不过他。他只要带上狗出去，但那狗比他还要坏……可这么一来，我就没有办法洗我的衣服了。"

"噢！别管洗衣的事啦！"蛤蟆说，这个话题他不喜欢。

"你只管一心想着那只兔子就行啦！我敢说，准是只肥肥美美的兔子。有葱头吗？"

"除了洗衣，我什么也不能想，"船娘说。"真不明白，眼前就有一件美差在等着你，你怎么还有闲情谈兔子。船舱的一角，有我一大堆脏衣裳。你只消捡出几件急需洗的东西，那是什么，我不好跟你这样一位太太直说，可你一眼就瞅得出来——把它们浸在盆里。

"你说过，那对你是一种愉快，对我是一种实际帮助。洗衣盆是现成的，还有肥皂，炉子上有水壶，还有一只桶，可以从渠里打水。那样。你就会过得很快活，免得像现在这样呆坐着，闲得无聊，只好看风景，打哈欠。"

"这样吧！你让我来掌舵！"蛤蟆说，他着实慌了，他并不想洗衣服。"那样你就可以依你自己的办法洗你的衣裳。让我来洗，说不定会把你的衣裳洗坏的，或者不对你的路子。我习惯洗男服，那是我的专长。"

"让你掌舵？"船娘大笑着说。"给一条拖船掌舵，得有经验。再说，这活很没意思，我想让你干的愉快些。还是你干你喜欢的洗衣活，我干我熟悉的掌舵好。我要好好款待你一番，别辜负我的好意！"

蛤蟆这下实在是无话可说了。他东张西望，想夺路逃走，但是离岸太远，飞跃过去是不可能的，只好闷闷不乐地屈从命运的安排。

"既然被逼到了这一步，"他无可奈何地想，"我相信，是谁都会干洗衣这种活的！"

　　他把洗衣用的东西搬出船舱，随便拿了几件衣服，就照着他偶尔从洗衣店看到的样子动手洗起来。

　　时间过了好久好久，每过一分钟，蛤蟆就变得更加恼火。不管他怎样努力，总讨不到那些衣物的欢心，和它们总搞不好关系。他把它们又拧，又搧耳光，可它们只是从盆里冲他嬉皮笑脸，心安理得地守住它们的原罪，毫无悔改之意。

　　有一两次，他紧张地回头望了望那船娘，可她似乎只顾凝望前方，一门心思在掌舵。他的腰背酸痛得厉害，两只爪子也泡得皱巴巴的。而这双爪子是他一向特别珍爱的。

　　突然传来一阵笑声，惊得他坐直了身子，只见老板娘笑得眼泪都流出来了。

　　"我一直在观察你，"她喘着气说，"从你那个吹牛劲儿。我早就看出你是个骗子。好家伙，还说是个洗衣妇哩！我敢打赌，你这辈子连块擦碗布也没选过！"

　　蛤蟆的脾气本来就咝咝冒气了，这一下竟开了锅，完全失控了。

　　"你这个粗俗、下贱、肥胖的船婆子！"他吼道。"你怎么敢这样对本老爷说话！什么洗衣妇！我要让你认得我是谁。我就是大名鼎鼎、受人敬重，高贵、显赫的蛤蟆！眼下我或许有点掉份儿，可我绝不允许一个船娘嘲笑我！"

那女人凑到他跟前，仔细地把他看了又看。"哎呀呀！果然是只蛤蟆！"她喊道，"太不像话了！一只脏兮兮的、叫人恶心的蛤蟆居然上了我这条干净漂亮的船，我绝不允许！"

她放下舵柄。立刻，一只粗大的满是斑点的胳臂闪电般地伸了过来，抓住蛤蟆的一条前腿，另一只胳臂牢牢地抓住他的一条后腿，就势一抡。霎时间，蛤蟆只觉天旋地转，拖船仿佛掠过了天空，耳边风声呼啸，他感到自己腾空飞起，边飞边迅速地翻跟斗。

最后，只听得扑通一声，他落到了水里。水相当凉，但是还算合他的胃口，不过凉得还不够，浇不灭他的那股傲气，熄不了他的满腔怒火。

他胡乱打水，终于浮到了水面。他抹掉眼睛上的浮萍时，头一眼看到的就是那肥胖的船娘——她正从渐渐远去的拖船船艄探出身来，哈哈大笑地回着头望他。他又咳又呛，发誓要好好报复她。

他想游到岸边，可是身上那件棉布衫碍手碍脚的。等到他终于够到陆地时，又发现没人帮忙，爬上那陡峭的岸是多么费力。他歇了一两分钟，才喘过气来；接着，他撩起湿裙子，捧在手上，提起脚来拼命追赶那条拖船。他气得发疯，一心巴望着进行报复。

当他跑到和船并排时，那船娘一直在笑。她喊道："把你自己放进轧衣机里轧一轧，洗衣婆，拿烙铁熨熨你的脸，熨出些褶子，这样你才像个体面的蛤蟆！"

蛤蟆根本就不屑于和她斗嘴仗。他要的是货真价实的报复，而不是不值钱的空洞洞的口头胜利，虽说他想好了几句回敬她的话。但是他打算干什么，心里有数。

他飞快地跑，追上了那匹拖船的马，解开纤绳扔在一边，轻轻纵身跃上马背，猛踢马肚子，催马奔跑。他策马离开纤路，直奔开阔的旷野，然后把马驱进一条布满车辙的树夹道。有一次他回头望去，只见那拖船在河中打了横，漂到了对岸。

船娘正发狂似地挥臂跳脚，拼命地喊。"站住，站住，站住！"

"这腔调儿我以前听到过。"蛤蟆大笑着说，继续驱马朝前狂奔。

由于马儿是用来拖船的，并没有多少耐力，很快就由奔跑改为慢慢地走了。不过蛤蟆还是挺满意的，因为他知道，好歹他是在前进，而拖船却静止不动。

现在他心平气和了，因为他觉得自己做了件实在聪明的事。他心平气和地慢慢走着，而且专心挑偏僻的小路走，借此忘掉他很久没吃一顿饱饭的饥饿，而那条水渠被他远远甩在后面了。

他和马已经走了好几里路。炙热的太阳晒得他昏昏欲睡。

那马忽然停下来，低头啃吃青草。蛤蟆惊醒过来，险些儿掉下马背。他举目四顾，只见自己是在一片宽阔的田地上，一眼望去，地上星星点点缀满了金雀花和黑麦子。离他不远的地方，停着一辆破烂的吉卜赛大篷车，一个男人坐在车旁一只倒扣着的桶上，一个劲抽烟，眺望着广阔的天地。他附近燃着一堆树枝生起的火，火上吊着一只铁罐，里面发生咕嘟嘟的冒泡声，一股淡淡的蒸汽从里面冒出来，令人不禁想入非非。

还有气味——暖暖的、浓浓的、杂七杂八的气味，互相掺和、交织，整个儿融成一股无比诱人的香味，就像大自然女神——一位给孩子们安慰和鼓舞的母亲。

蛤蟆现在才明白，什么叫真正的饿。上半天感到的饥饿，只不过是一阵微不足道的眩晕罢了。现在，真正的饥饿终于来了，没错，而且得赶紧认真对待才行，要不然，就会给什么人或什么东西带来麻烦。

他仔细打量那个吉卜赛人，心里举棋不定，不知道是跟他死打硬拼好，还是甜言蜜语哄骗好。所以他就坐在马背上，用鼻子使劲嗅了又嗅，还盯着吉卜赛人。吉卜赛人也坐着，抽烟，拿眼盯着他。

过了一会儿，吉卜赛人问蛤蟆是否愿意卖他的马？

蛤蟆着实吃了一惊。他没想到，吉卜赛人喜欢买马。蛤蟆也从不放过任何一次机会。他也没想到过，大篷车总在四处走动，而且是需要马来拉动的。

他从来没考虑过，要把那匹马换成现钱。吉卜赛人的提议，似乎为他取得急需的两样东西铺平了道路——现钱和一顿丰盛的饱饭。

"什么？"他故意说，"卖掉这匹漂亮的小马驹？不，不，绝对不行。卖了马，谁替我驮给雇主洗的衣裳？再说，我很喜欢这马，他跟我就像亲人一样。"

"那就去爱一匹驴吧！驴也可以干很多的话的，"吉卜赛人提议说。"有些人就喜欢驴。"

"你难道真的看不出来吗，"蛤蟆又说，"我这匹优良的马给你是最好了吗？他是匹纯种马，他当年还得奖来着——那是在你看到他以前的事，不过要是你多少识马的话，你一眼就能看出的。卖马，这绝对办不到。可话又说回来，要是你真的想买我这匹漂亮的小马，你打算出什么价？"

吉卜赛人把马上上下下打量了一番，又同样仔细地把蛤蟆上上下下打量了一番，然后回头望着那马。

"一个先令才一条腿呀？"他干脆地说，说完就转过身去，继续抽烟，一心一意眺望着广阔的天地。

"一先令一条腿？"蛤蟆喊道。"等一等，先让我合计合计，看看总共是多少。"

他爬下马背，由马儿去吃草，自己则坐在吉卜赛人身旁，扳着手指算起了。末了他说："一先令一条腿，总共才四先令，一个子儿也不多？那可不行，我这匹漂亮的小马才卖四先令。我不干！"

"那好，"吉卜赛人说，"这么着吧！我给你加到五先令，这可比这牲口的价值高出三先令六便士。这是我最后的出价，你要是不卖就算了。"

蛤蟆坐着那，仔仔细细想了好久。他肚子饿了，身无分文，而且离家又远——谁知道有多远，一个人在这样的处境下，五先令也显得是很可观的一笔钱了。

可另一方面，五先令卖一匹马，似乎太亏了点。不过，话又说回来，这匹马并没有花他一个子儿，所以不管得到多少，都是净赚。

最后，他斩钉截铁地说："这样吧！吉卜赛！告诉你我的想法，也是我最后的要价。你给我六先令六便士，要现钱；另外，你还得供我一顿早饭，就是你那只香喷喷的铁罐里的东西，要让我吃饱，当然只管一顿。我呢！就把我这匹欢蹦乱跳的小马交给你，外加马身上所有漂亮的马具，免费赠送。你要是觉得吃亏，就直说，然后我走我的路。附近可是有个人，想要我这马都想好久啦！"

吉卜赛人大发牢骚说这样的买卖要是再做几宗，他非破产不可。不过终究他还是从裤兜深处掏出一只脏兮兮的小帆布包，数出六枚先令六枚便士，放在蛤蟆掌心里。

然后他钻进大篷车，拿出一只大铁盘，一副刀、叉、勺子。他歪倒铁锅，于是一大股热腾腾、油汪汪的杂烩汤就流进了铁盘。那果真是世上最最美味的杂烩汤，是用松鸡、野鸡、家鸡、野兔、家兔、雌孔雀、珍珠鸡，还有一两样别的东西烩在一起熬成的。

蛤蟆接过盘子，放在膝上，差点儿没哭出来。他一个劲往肚里填呀！填呀！吃完又要，要了再吃，而吉卜赛人也不吝啬。蛤蟆觉得，这是他这辈子吃的最美味的一顿早饭。

蛤蟆终于大吃特吃了一顿，然后他起身摸摸马儿，又向吉卜赛人说了再见就走了。吉卜赛人很熟悉河边地形，给他指点该走哪条路。他又一次踏上行程，情绪好到无以复加。和一小时前相比，他成了全然不同的一只蛤蟆。

阳光很耀眼，身上的衣服也快干了，现在身上也有了钱，而且离家和朋友们也越来越近。一想到这些，他的心情就非常好，尤其是又吃了这么美味的一顿饱饭。现在的他，浑身有劲，对回家也信心十足了。

他兴冲冲地大步朝前走，想着自己多次遇险，又都安然脱身，每逢绝境，总能化险为夷，转危为安。想到这，他不由得狂妄自大起来。

"呵呵！"他把下巴翘得老高，说道："我蛤蟆多聪明呀！

全世界没有一只动物能比得上我！敌人把我关进大牢，布下重重岗哨，派狱卒日夜看守，可我居然在他们眼皮底下扬长而过，闯了出来，纯粹是靠我的才智加勇气。他们开动机车，出动警察，举着手枪追捕我，我呢！冲他们打了个响指，哈哈大笑，一转眼就跑得没了影儿。"

"我虽然不幸被一个又胖又坏的女人扔进河里。可那又算什么？我游上了岸，夺了她的马，大摇大摆地骑走了。我用马换来满满一口袋银钱，还美美地吃了一顿早饭！呵呵！我是蛤蟆，英俊的、勇敢的、无往不胜的蛤蟆！"

他把自己吹得那么响，不由得编起歌来，一路走，一路扯着嗓门给自己大唱赞歌。这恐怕是一只动物所创作的最最狂妄自大的歌了。

世上有过许多伟大英雄，

历史书上载过他们的丰功伟绩；

但没有一个公认的赫赫有名，

能和蛤蟆相比！

牛津大学聪明人成堆，

肚里的学问包罗万象，

但没有一个懂得的事情，

赶得上聪明的蛤蟆一半！

方舟里动物痛哭流涕，

眼泪如潮水般涌出。

是谁高呼"陆地就在眼前"？

是鼓舞众生的蛤蟆！

军队在大路上迈步前进，

他们齐声欢呼致敬。

是为国王，还是基陈纳将军？

不，是向着蛤蟆先生！

王后和她的侍从女官，

窗前坐着把衣来缝。

王后喊道："那位英俊男子是谁？"

女官们回答："是蛤蟆先生。"

诸如此类的歌还多得很，但都狂妄得吓人，不便写在纸上。以上只是其中较为温和的一首。

他边唱边走，越来越得意忘形，不过没过多久，他的傲气就一落千丈了。

他在乡间小道上走了几里之后，就上了公路，他顺着那条白色路面极目远眺时，忽见迎面过来一个小黑点，随后变成了一个大黑点，又变成了一个小块块，最后变成了一个他十分熟悉的东西。接着，两声警告的鸣笛，愉快地钻进他的耳朵，这声音简直太熟悉了！

"就是这个声音！"兴奋的蛤蟆喊道。"这才是真正的生活，这才是我失去好久的伟大世界！我要叫住他们，我的轮上的哥们儿，我要给他们编一段故事，就像曾经使我一帆风顺的那种故事，他们自然会捎带我一程，然后我再给他们讲更多的故事。走运的话，说不定最后我还能乘上汽车长驱直入——回到蟾宫！叫獾他们看看，那才叫绝啊！"

他信心百倍地站到马路当中，招呼汽车停下来。汽车从容地驶过来，在小路附近放慢了速度。就在这时，蛤蟆的脸一下子变得煞白。心沉了下去，双膝打战发软，身子也弯曲起来，瘫成一团，五脏六腑恶心作痛。真是太不幸了，驶过来的车正是他从旅店偷的那辆车，而车上的人，也是那天他见到的那伙人！

蛤蟆瘫倒在路上，成了惨兮兮的一堆破烂．他绝望地喃喃自语说："全完啦！彻底完蛋啦！又要落到警察手里，带上镣铐，又要蹲大狱，啃面包，喝白水啦！咳！我真是个十足的大傻瓜！

"我本该藏起来，等天黑以后，再捡僻静小路偷偷溜回家去！可我为什么要大模大样在野地里乱窜，大唱自吹自擂的歌曲，还要大白天在公路上瞎拦车呢！倒霉的蛤蟆啊！真是太不幸的动物啊！"

汽车朝着他慢慢驶近了，最后停在了他的身边。有两位绅士走下车，绕着路上这堆皱皱巴巴哆哆嗦嗦的破烂儿转。

一个人说："天哪！真够惨的哟！这是一位老太太，看来是个洗衣婆，她晕倒在路上了！说不定她是中了暑。真是个可怜人！说不定她今天还没吃过东西哩！咱们把她抬上车吧！送到附近的村子里。想那儿必有她的亲友。"

他们把蛤蟆轻轻抬上车，让他靠坐在柔软的椅垫上，又继续上路。

他们对蛤蟆充满了同情，而且说话也很和蔼。蛤蟆知道他们并没有认出他，所以他又有了一些勇气，慢慢地睁开了眼睛。

"瞧，"一位绅士说，"她好些啦！新鲜空气果真对她有好处。你觉得怎么样，太太？"

"太谢谢你们了，先生，"蛤蟆声音微弱地说，"我觉得好多了！"

"那就好，"那绅士说，"现在，要保持安静，主要是别多说话。"

"我不想说话，"蛤蟆说。"我只是在想，要是我能坐在前座，在司机身边，让新鲜空气直接吹在我脸上，我会好得更快的。"

"这女人头脑真清楚！"那绅士说。"你当然可以坐在前座。"于是他们小心地把蛤蟆扶到前座，坐在司机旁边，又继续开车上路。

这时，蛤蟆差不多已恢复正常了。他坐直了身子，向四周看看，努力要抑制激动的情绪。他对汽车的渴求和盼望的感觉，正在他心头汹涌，整个儿控制了他，弄得他躁动不安。

"这是命中注定呀！"他对自己说。"我为什么要抗拒它呢？"于是他朝身边的司机说："先生，求你行个好，让我开一会儿车吧！我一直在仔细看你开车，好像不太难，挺有意思的。我特想让朋友们知道，我开过一次车"

听到这个请求，司机不禁大笑起来，引起后面那位绅士都在问是怎么回事。听了司机的解释，他说道："好啊！太太！我很欣赏你这种精神。"

然后又对司机说："可以让她试一试，你在一旁关照。她不会出岔子的。"

这话使蛤蟆大喜过望。他急切地坐在司机的座位，双手紧握住方向盘，假装听从司机的指点，刚开始开的稍微慢点，因为他决定这次要谨慎行事。

后座的绅士们拍手称赞说："她开得多好啊！想不到一个洗衣妇开车能开得这么棒，我们还从没见过！"

蛤蟆把车开得快了些。而且越开越快。后面的绅士大声警告说："小心，洗衣婆！"

这话激恼了他，他开始头脑发热，失去了理智。

司机想起身制止他，可被他用手按在座位上，无法动弹。车全速行驶起来。气流冲激着他的脸，马达嗡嗡地响，身下的车厢轻轻弹跳，这一切都陶醉了他那愚钝的头脑。

他肆无忌惮地喊道："什么洗衣婆！呵呵！我是蛤蟆，抢车能手，越狱要犯，是身经百难总能逃脱的蛤蟆！你们给我好好待着，我要叫你们知道什么才是真正的驾驶。你们现在是已经落在鼎鼎大名、技艺超群、无所畏惧的蛤蟆手里啦！"

车上的人全都惊恐地叫着扑到蛤蟆的身上。"抓住他！"他们喊道，"抓住蛤蟆，这个偷车的坏家伙！把他捆起来，拖到附近的警察局去！打倒万恶的、危险的蛤蟆！"

唉！如果他们能谨慎行事，想办法先把车停下来就好了。蛤蟆把方向盘猛地转了半圈，汽车一下子冲进了路旁的矮树篱。只见它高高跳起，剧烈地颠簸，然后四只轮子陷进水塘，搅得泥水四溅。

蛤蟆突然觉得自己往上使劲一窜，就被甩出车外，像燕子一样在空中划了一条优美的弧线。他颇喜欢这动作，心里正纳闷，不知会不会继续这样飞下去，直到长出翅膀，变成一只蛤蟆鸟。

就在这一刹，砰的一声，他仰面朝天着了陆，落在丰茂松软的草地上。等他坐起来时，一眼便看见汽车在水塘里快要沉下去了，而车上的绅士也因为外套的拖累，无法爬出水塘。

他急忙起来朝着荒野的方向跑，钻过树林，跳过河沟，跑过田地，直到跑到累得不行了，他才放慢脚步。等到稍稍喘过气来，可以平静地想事了，他就"咯咯"地笑开了，先是轻笑，然后大笑，笑得前仰后合，不得不在树篱旁坐下。

"哈哈！"他得意洋洋地高声喊道，"蛤蟆又成功啦！毫无例外，蛤蟆又大获全胜！是谁，哄着他们让他搭车的？是谁，想出招来坐到前座，呼吸新鲜空气的？是谁，怂恿他们让他试试开车的？是谁，把他们一股脑抛进水塘的？是谁，腾空飞起，丝毫没伤着，逃之夭夭，把那帮心胸狭窄、胆小怕事的游客丢在他们该待的泥水里？当然是蛤蟆，聪明的蛤蟆，伟大的蛤蟆，勇敢的蛤蟆！"

接着，他又放开嗓门儿唱起来：

> 小汽车，噗噗噗，
>
> 顺着大路往前奔。
>
> 是谁驱车进水塘？
>
> 足智多谋的蛤蟆君！
>
> 瞧我多聪明！
>
> 多聪明，多聪明，多聪明！

这时从身后不远处，传来一阵轻微的喧闹声，他回头一看。哎呀呀，要命呀！倒霉呀！全完啦！

大约隔着两块田地，一个司机和两名乡村警察，正飞快地朝他奔来。

可怜的蛤蟆一跃而起，又"嗖"地蹦开了，他的心都跳到嗓子眼里了。

他气喘吁吁地说："我真是头蠢驴！一头又狂妄又粗心的蠢驴！我又大喊大叫大唱起来了！又坐着不动大夸海口了！天哪！天哪！天哪！"

他回头瞄了一眼，看到那伙人已经快追上来了。他心慌意乱，拼命狂奔，不住地回头望，只见他们越来越近了。他使出最大的力气跑，可他身体肥胖，腿又短，根本跑不过他们。现在，他能听到他们就在身后了。他顾不得辨方向，只管发狂似的瞎跑，还不时回过头去看他的那些敌人。

突然间，他一脚踩空了，四脚在空中乱抓，扑通一声，他没头没脑地掉进了深深的湍急的流水中。他被河水的强大力量冲着走，毫无自救的办法。他这才知道，原来他在慌乱中瞎跑时，竟一头栽进了大河！

他冒出水面，想抓住岸边的水草，可是水流很急，抓到手的草又滑脱了。

"老天爷！"可怜的蛤蟆气喘吁吁地说，"我再也不敢偷车了！再也不敢唱吹牛歌了！"

说完又沉了下去，过后又冒出水面，喘着粗气胡乱打水。忽地，他发现自己正流向岸边的一个大黑洞，那洞恰好就在他头顶上。当流水冲着他经过洞边时，他伸出一只爪子、够着了岸边，抓牢了。

然后他吃力地把身子慢慢拖出水面，两肘支撑在洞沿上。他在那儿待了几分钟，喘着气，因为他实在是太累了。

正当他叹气，喘息，往黑洞里瞪眼瞧时，只见洞穴深处有两个小光点。闪亮眨巴，朝他移过来。

那光点凑到他跟前时，显出了一张脸，一张黄褐色的、小小的、长了胡髭的脸。有一对纤巧的小耳朵和丝一般发亮的毛发。

原来是水老鼠！

蛤蟆的归来

　　水老鼠伸出一只灵巧的小爪子，牢牢抓住蛤蟆的颈背，用力拉了一把。落汤鸡似的蛤蟆就缓慢而稳当地爬上了洞口，最后安然无恙地站在了大厅里，身上到处是一块块的泥巴和一条条的水草，湿淋淋的，可是蛤蟆跟以前一样劲头十足，很兴奋，因为自己又一次待在了朋友的家里，逃亡结束了。他终于可以把与他不配的这身伪装扔掉了。

　　"啊！水老鼠！"他叫道，"自从上次见你以后，我过的日子你简直无法想象！那种审讯，那种痛苦，但是这一切我全都让我英勇地挺过来了！然后又是逃亡，乔装打扮，躲躲藏藏，而这一切又都策划执行得非常顺利！牢狱之苦受过了。

　　"当然，现在出来了！被人扔进了运河，可也游上了岸！偷了一匹马，还把它卖了很大一笔钱！每个人都被我耍得团团转，我让他们做什么他们就做什么！噢，我真是个了不起的蛤蟆，千真万确！你想知道我最后的功绩是什么吗？耐心点，等会儿再告诉你！"

　　"蛤蟆，"水老鼠面色冷峻，口气坚决地说，"你现在马上上楼，脱掉这身破棉褂子，这看起来这像是某个洗衣妇的衣服，你要彻底把自己洗洗，然后穿上我的衣服试试。假如你做得到，那么就把自己收拾得像个绅士以后再下楼。

"我这辈子还从来没有见过比你更寒碜、更邋遢、更倒霉的东西！现在，别再自大自夸、喋喋不休了。马上去！一会儿我还有话对你说！"

蛤蟆一开始还想留下来回敬他几句。他在狱中已经受够了被别人颐指气使，呼来唤去的生活，这儿怎么又来了，而且，命令他的不是别人，居然还是水老鼠！

可是，当他看见了帽架上面镜子里的自己，脏兮兮的黑色女帽斜耷在一只眼睛上时，于是，他改了主意，飞快地、顺从地跑上了楼，进到水老鼠的更衣室里。他痛痛快快地把自己梳洗了一番，站在镜前看着穿着干净的自己，他想只有那些十足的傻蛋才会把自己当成洗衣妇呢！

当蛤蟆走下楼的时，看见满桌的午饭，他心里别提多高兴了，他这几天经历了很多灾难，活动量也很大，除了那天吉卜赛人供给的早饭，就再也没吃饱过了。

吃饭的时候，蛤蟆将他的历险向水老鼠述说了一遍，重点渲染了他的机敏，他的急中生智，遇事沉着——听起来，他简直享受了一场愉快而多彩的经历。然而，他越是吹嘘不止，水老鼠就越显得严肃和沉默。

最后，蛤蟆总算打住了，他们俩一阵沉默。过了一会儿，水老鼠说："听着，蛤蟆，我不想让你难过，因为你已经受了不少苦，可是，你难道不觉得你已出尽了洋相吗？你自己供认曾被铐走、入狱、挨饿，被追捕，像惊弓之鸟，你受侮辱、嘲弄，还大失体统地被人扔到水里——而且是被一个妇人！这有什么好乐的？有什么好玩的？所有这些作孽都是因为你一定要去偷车。

"你也知道，自打你盯上那东西以来，你得到的除了麻烦还是麻烦。但是，要是你喜欢玩车，买一辆就好了，为什么要偷呢？假如你认为这种经历很刺激，那就准备缺胳膊少腿吧！或者，换个花样，假如你热衷汽车，那你就准备破产吧！

"可是，你干吗偏要去做囚犯呢？你什么时候才能理智一些，想想你的朋友们，努力为他们争口气好吗？你是不是以为，我出去的时候，听到动物们说，我是囚犯的狐朋狗友，我听了会很开心？"

在蛤蟆的性格中，有一点是非常值得称赞的。那就是他是个很友善的动物，绝不会在意好朋友怎么说他。哪怕对某事抱定宗旨，他也总是能够看到问题的另一面。

所以，尽管水老鼠说得很严厉，他也不停地反抗，还自言自语："可是，的确很好玩啊！好玩得一塌糊涂！"

一边还在嘴里发出古怪的、强压住的声音——嘁嘁咕咕，扑扑，还有其他一些声音，像是压制住的哼哼声，或者像是开汽水瓶的声音。

但水老鼠差不多快数落完的时候，蛤蟆大大地叹了一口气，态度很好很谦卑地说："说得没错，水老鼠！你一贯都是那么有理！是的，我是个自负的蠢驴，我也认识到了这点。但是现在，我要做一个好蛤蟆，再也不做傻事了。

"至于汽车，自从我刚才掉进你的那条河里以后，我就不再对它热衷了。实际上，当我在你的洞口喘气的时候，我突然有了一个灵感，一个绝对妙的想法，跟汽船有关——又来了，又来了！请别对我如此敌对，老兄，别老跺脚好不好，要打翻什么的。这只是个想法而已，现在就不多说了。

"我们来点咖啡吧！再抽上两口烟，轻声轻气地聊聊，然后我就出发，得体地退回蟾宫，穿上我自己的衣服，让一切又回到老样子。"

"我的历险已经够多了。我该过一种宁静、稳定、体面的生活，轻松经营自己的家产，争取更上一层楼，有的时候再摆弄些园艺之类的。当朋友们来看我的时候，我就会设宴款待；我还会买一辆小马车，可以在村子里跑跑，就像在以前的好日子里我经常做的那样，省得闲来无聊，要干些蠢事出来。"

"得体地退回蟾宫？"水老鼠嚷道，非常激动，"你瞎说些什么呀？难道你还没有听说吗？"

"听说什么？"蛤蟆的脸色发白了，"接着说呀！水老鼠，快！别顾忌我！快说啊！发生什么事了？”

水老鼠一边喊，一边把小拳头砸在桌子上：“你一点都不知道白鼬和黄鼠狼的事？”

“什么，那些野树林小子怎么了？”蛤蟆手脚都发抖了，“不，一个字都没听说！他们都干了些什么？”

“你难道不知道他们悍然占下了蟾宫？”水老鼠接着问。

蛤蟆把胳膊支在桌子上，双爪托腮，两只眼睛里涌出了大滴的眼泪，砸在桌面上，啪嗒！啪嗒！

“接着说，水老鼠，”他喃喃地说，“把一切都告诉我。最坏的情况我都能挺过来。而且我又是头动物了，我可以承受。”

“自从你上次遇到那麻烦以后，”水老鼠慢慢地说，“我是指，当你有一段时间由于一台机器的误解，从社会上消失以后，你知道……”

蛤蟆只是点头。

“我说，这里自然有很多传说。”水老鼠继续道，“不仅在沿河一带，甚至野树林里都说得很热闹。动物们会拉帮结派，总是会这样的。沿河一带的动物都站在你一边，说你受到了不公正的对待，当今国内已经没有什么公正可言了。

“可是野树林里的动物们却都说得很难听，说你是咎由自取，适得其所，是到了断这种事情的时候了。他们得意洋洋，到处说，你这次算是完了！你永远都回不来了，永远，永远！”

蛤蟆又点了点头，还是沉默。

"他们就是这样背信弃义的动物，"水老鼠接着说，"但是鼹鼠和獾站在你这边，他们忍辱负重地坚持说，你很快就会想办法回来的。虽然他们不知道你究竟怎样回来，但是他们肯定你会有办法的！"

蛤蟆开始在椅子上坐直，傻笑了一下。

"獾和鼹鼠根据以前的经验推断的，"水老鼠继续说，"他们说，据他们所知，从来还没有一部刑法可以对付你这样的没脸没皮的动物，再说，你还财大气粗。所以他们就安排了一下，把铺盖搬进蟾宫，睡在那里，让它保持通风，把一切收拾妥当，等你回来。

"当然，他们没有料到下面会发生什么，只是，他们对野树林里面的动物一直心存疑虑。现在，我要讲到故事当中最痛心、最悲惨的那部分了。一个月黑风高的夜晚，一队武装精良的黄鼠狼，悄悄地溜到了大门口那条马车道上。与此同时，一队亡命的黑足鼬从菜园那里闯进来，占据了后院和物业室，另一小队无恶不作的侦察鼬占领了温室和台球室，把守住面向草坪的落地玻璃窗。

"鼹鼠和獾正坐在吸烟室的炉火旁边，讲着故事，并没有生什么疑心，因为这样的夜晚不适合动物外出，这时，那些嗜血的恶棍破门而入，从四面八方向他们扑了过去。他们奋力抗争，可是有什么用呢？他们手无寸铁，而且毫无防备，怎么以抵挡二百人呢？这些恶棍抓住他俩狠狠地打了一顿，最后还把他们赶出了房子，并且还骂了极难听的话。"

这时，没心肝的蛤蟆窃笑了一下，然后就赶紧打起精神，装得特别一本正经。

"从此，这些野树林小子就在蟾宫里住下了，"水老鼠接着说，"他们简直胡作非为！在床上一躺就是半天，想什么时候吃早饭就什么时候吃，据说把宫里弄得乌烟瘴气，真是不忍去看！他们吃着你的食物，喝着你的饮料，却恶意编排你，唱着下流的歌，关于……呃……关于监狱、地方长官、警察的，还有恶心的人身攻击的歌，里面毫无幽默可言。而且他们告诉做生意的和其他所有人说，他们在那里长住了。"

"哦！是吗！"蛤蟆站起来，抓起一根棍子，"我倒很乐意去处理此事！"

"这么做没用的，蛤蟆！"水老鼠在他后面喊，"你最好回来，坐下。你去只会惹麻烦。"

可是蛤蟆已经走了，这个时候什么也拦不住他。他大步流星地走上大路，肩上扛着棍子，怒气冲天地对自己嘀咕着，当来到他家的大门口时。突然，栅栏后面冒出一头长长的黑足鼬，手里还拿着枪。

"你是谁？"黑足鼬厉声喝道。

"瞎眼了！"蛤蟆很生气，"用这种口气跟我讲话是什么意思？快滚开，不然我就……"

黑足鼬不说话，干脆把枪放在肩膀上，蛤蟆见情况不好，迅速地趴在地上，"啪"的一声，一颗子弹从他头上飞过去了。

惊慌失措的蛤蟆跳起来以飞快的速度向前跑，后面传来了一阵阵黑足鼬狂妄的笑声，一直回荡在蛤蟆的周围。

他万分沮丧地回到水老鼠那里，把经过告诉了水老鼠。

"我是怎么跟你说的？"水老鼠说，"这么做是一点用也没有的。他们布了岗哨，而且是全副武装。你必须等待时机才能打败他们。"

可是，蛤蟆不想马上放弃。于是，他搬出了小船，向蟾宫前面的花园方向划去。

看到他的老家以后，他放下船橹，仔细察看了一下地形。一切看来都很宁静，甚至有些荒凉。他可以看到整个蟾宫前门的景观。夕阳下，蟾宫熠熠生辉：鸽子三三两两地沿着笔直的屋顶线降落下来。

花园里鲜花盛开，小溪一直延伸到船屋，还有小木桥横跨其上。一切显得都很平静，没有任何居民的踪迹，明显都在等着他回来。他想，可以先从船屋入手。他十分小心地划进溪口，刚刚从桥下经过时，只听"咚"的一声！

从上面扔下的大石头把船砸漏了，水把小船浸满了，船沉了下去，而蛤蟆则在水里挣扎。

他向上看去，只见两头白鼬靠在小桥的护栏上，得意洋洋地冲着他喊："下一次，目标就是你的脑袋，蛤蟆！"

满腔怒火的蛤蟆游上岸，而白鼬笑个不停，互相支撑着笑个不停，直到几乎双双呛住。

蛤蟆只好步履蹒跚地返回，把令人失望的经历又向水老鼠叙述了一遍。

"你看，我是怎么对你说的？"水老鼠生气地说，"现在，看看你都干了些什么！把我最喜欢的船也弄坏了，这就是你干的好事！还毁了我借你的那身好衣服！说真的，蛤蟆，你是所有刁蛮动物当中的刺儿头——我怀疑你怎么还能留得住一个朋友！"

蛤蟆马上意识到自己的行为有多么幼稚，多么愚蠢。他当即认错，为丢了水老鼠的船，毁了他的衣服向水老鼠由衷道歉。

最后，他不得不服输，这套把戏总是能软化朋友们，赢回他们的支持："水老鼠！我知道我曾经是如何固执己见，刚愎自用！相信我，以后我会变得小心谨慎的，在没有得到你的建议和赞同时，我再也不会贸然行动了！"

"如果真是这样那就太好了。"纯朴的水老鼠现在心情平静了些，"那么，我建议，考虑到天色已晚，你先坐下吃你的晚饭，晚饭一分钟后就上桌了。你要非常耐心才成，我们只有见到獾和鼹鼠他们，听听他们带回的消息，再商量如何对付那帮坏蛋。"

"噢！嗯！对极了，当然，鼹鼠和獾，"蛤蟆轻快地说，"他们怎么样了？这些可爱的朋友！我差点把他们忘了。"

"亏你还记得问！"水老鼠责备道，"你开着昂贵的汽车周游各地的时候，你骑着纯种马神气地驰骋乡野的时候，你享用早餐暴殄天物的时候，你那两个忠诚的朋友一直露宿在野外，不管刮风下雨，他们白天吃粗食，晚上睡硬铺，就是为了看住你的房子！"

"他们在你的地界上巡视，紧盯着那些白鼬和黄鼠狼，绞尽脑汁，一心要把你的财产夺回来。你根本不配有这样的挚友，蛤蟆，你不配，你真的不配！总有一天，你会为没有更好地珍惜他们而懊悔不迭！"

"我知道，我是个不懂感恩的畜生。"蛤蟆抽泣起来，伤心的眼泪夺眶而出，"让我出去，去找他们回来吧！到又冷又黑的夜色中去，与他们分担辛苦，努力证明……等一会儿！我肯定听到了托盘碰碟子的声响！晚饭终于来了，万岁！来吃吧！水老鼠！"

水老鼠记得，可怜的蛤蟆吃了很久的牢饭，因此，他把晚饭弄得丰盛些。他跟着蛤蟆来到桌边，殷勤好客地催蛤蟆多多吃饭，把在牢里少吃的统统吃回来。

他们刚刚吃完饭，在扶手椅里坐下，门上就传来重重的敲门声。

蛤蟆很紧张，可是水老鼠却向他神秘地点点头，然后就径直向门口走去，门开了，獾先生走了进来。

他身上明显有着几夜未回家的痕迹。鞋子沾满了泥巴，头发乱蓬蓬的，样子很不好。可话又说回来，獾就是在他精神焕发的时候，也从没有漂亮过。

他一脸冷峻地走向蛤蟆，握了握爪子说："欢迎回家，蛤蟆！瞧瞧，我是怎么说的？回家！千真万确！不幸的蛤蟆，这样回家未免寒碜了点！"

说完他拉了把椅子背对着蛤蟆，坐在桌子旁，拿了一块冷了的馅饼吃起来。

蛤蟆被这种不苟言笑、冷漠的问候风格惊呆了，还是水老鼠悄悄对他说："别在意，别生气，先不要跟他说话。他在饿的时候情绪总是特别低落，沮丧得很。半个小时以后，他就好了。"

于是，他们默默地等待着。这时，又传来一阵轻轻的拍门声。水老鼠向蛤蟆一点头，就向门口走去，进来的是鼹鼠。鼹鼠也很邋遢，没洗过澡，皮毛上还粘着稻草和麦秆。

"哈哈！这不是蛤蟆老兄吗！"鼹鼠喊了起来，立刻变得很有精神，"想不到你回来了！"他围着蛤蟆手舞足蹈，"没想到你会这么快回来！怎么回事，你一定是逃了出来，你这聪明的蛤蟆！"

水老鼠大吃一惊，连忙拉鼹鼠的胳膊，可惜太晚了——蛤蟆听了之后又开始飘飘然起来。

"聪明？噢！不！"他说，"对我的朋友们来说，我不是真聪明。我只是从英国最森严的监狱里逃了出来，然后搭上一辆火车，坐车逃跑了，还有就是乔装改扮到处走，骗过了每个人，就这些！噢！不！我是头蠢驴，我就是蠢驴！我会告诉你一两个我的历险故事，鼹鼠，然后，你自己判断吧！"

"好吧！好吧！"鼹鼠向餐桌走去，"我一边吃，你一边说，怎样？从早饭到现在，我还什么也没吃过呢！噢！我的天，我的天！"他坐了下来，大口地往嘴里塞冷牛肉和泡菜。

蛤蟆叉着腿坐在炉前的地毯上，把手伸进裤兜，抓出了一把银币。"看看！"

他嚷嚷着，到处展示，"还不赖吧！是不？几分钟就赚来了。鼹鼠，你知道我是怎么成功的吗？卖马！我就是这么赚钱的！"

"接着说，蛤蟆。"鼹鼠听得入迷。

"蛤蟆，请你安静些！"水老鼠说，"鼹鼠，你也不要再让他来劲了，你知道他是什么样的动物。赶快把那边的情况说一下吧！蛤蟆总算回来了，可是对付他们最好的办法是什么呢？"

"情况是糟得不能再糟了。"鼹鼠没精打采地口答，"至于对策，我的天，鬼才知道！老獾和我在那地方转了一圈又一

• 163 •

圈，白天黑夜地侦察，总是那个样子。到处都有岗哨，枪都瞄准我们，还向我们扔石头。总是有一个动物在外面瞭望，他们看到我们的时候，我的天，别提他们笑得多可恶！那是最让我讨厌的！"

"情况很糟糕。"水老鼠陷入沉思，"可是，我仔细考虑了一下，我发现蛤蟆现在可以做些什么了。我来告诉你们。他该……"

"不，他不该！"鼹鼠嘴里塞得满满地喊，"没有这种事情！你不明白。他该做的是……"

"反正说什么我都不会做的，"蛤蟆激动地大喊，"我不会被你们支使来支使去！我们谈的是我的房子，我知道该怎么做，我来告诉你们。我打算……"

他们三个不约而同地一起高声讲起来，声音简直震耳欲聋。

这时，只听一个细细的、干巴巴的声音说："马上安静下来，你们全都安静！"

他们马上就默不作声了。

是老獾，他已经吃完了馅饼，在椅子上转过来，正铁青着脸看着他们。他发现已经取得他们的注意力，他们显然也在等他开口，他便又转过身去吃饭，还伸手去拿奶酪。这个可敬的动物德高望重，深受爱戴，等他吃完饭，把面包屑从膝头掸掉之前，大家没敢吭一声。蛤蟆有点不耐烦，可是水老鼠硬是把他遏制住了。

老獾差不多吃完了，他从椅子上起身，站到壁炉前，陷入沉思。终于，他说话了。

"蛤蟆！"他严肃地说，"你这个可恶的、惹是生非的小动物！你难道不为自己的行为感到羞愧吗？若是你的父亲还在世的话，知道你这样做，你认为他会怎么看？"

蛤蟆当时正抬腿坐在沙发上，听到这话不禁背过脸去，哭得浑身发抖。

"好了，好了。"獾缓和了口气继续说，"不要在意，别哭了。我们既往不咎，你也想办法重新做人，改弦更张吧！但是，鼹鼠说的确属实情。白鼬处处都有防备，而且他们设的是世上最好的岗哨。要想进攻那个地方，简直是徒劳无益。力量对比也太悬殊了。"

"如此说来，一切都完了。"蛤蟆抽泣着，倒在沙发靠垫上哭，"我该去报名参军，该跟亲爱的蟾宫拜拜了！"

"振作起来，蛤蟆！"獾说，"除了用武力，还有其他办法的。我刚才还没有说完最后那句话呢！现在，我就把最大的秘密告诉你们。"

蛤蟆慢慢坐起来，擦干了眼泪。秘密对他来说具有无比的吸引力，因为他从来没有守住过一个秘密：他常常在忠诚地保证不泄密之后，就向另一头动物透露。他很喜欢在泄露天机时，颤抖游过全身的感觉。

"那里有一条地下通道，"獾有板有眼地说，"从离这儿不远的河岸开始，一直通到蟾宫的中心。"

"噢！别胡说！獾，"蛤蟆轻率地说，"您一定是在附近的酒馆听他们瞎说的。我对蟾宫的每寸土地都非常了解，里里外外都很清楚，并无此事，我敢向你保证！"

"我的小朋友，"獾一本正经地说，"你父亲，他是个可敬的动物，比我所知道的某些动物要可敬得多，他是我的一个特殊朋友，告诉我很多都是你无法想象的事。你的父亲发现了那条通道。

"当然，通道不是他挖的，在他来这里居住的几百年前就有了。他把它修好，清理好，因为他想，万一有麻烦或有危险的时候，这通道会有用，他带我去看过。

"'不要让我的儿子知道这件事，'你父亲对我说，'他虽然是个好孩子，但是个性太轻率，根本管不住他的舌头。假如有一天他陷入困境，这条通道会有用处，那时你可以把秘密通道告诉他，但是不要太早透露。'"

他们都盯着蛤蟆，想看看他在知道这个消息后有什么反应。他真不愧是个开朗的人，一开始紧板着脸，不一会就开朗起来。

"嘿嘿！"他说，"或许我有点夸夸其谈。不过没关系，接着说，老獾。那个通道又会怎样帮上我们呢？"

"最近我知道了一两件情况，"獾继续说，"我让水獭扮成一个扫地的，扛着扫帚到后门去叫门，找工作。明天晚上，那儿将会开一个盛大的宴会，为了庆祝某个动物的生日——我想，是那个黄鼠狼酋长的生日。"

"所有的黄鼠狼将在宴会厅集会，那个时候，他们只顾着吃喝，说笑，丝毫不会戒备。没有枪，没有剑，没有棍子，没有任何一种武器！"

"可是白鼬会像往常那样站岗放哨的。"水老鼠说。

"没错，"獾说，"我就是要说关于放哨的事情。黄鼠狼对他们出色的岗哨非常放心。这就是秘密通道能派上用场的地方。那条很有用的通道就延伸到管家的备餐间下面，在宴会厅的隔壁！"

"啊哈！是管家的备餐间里那块踏上去'吱吱'作响的地板吗？"蛤蟆喊道，"现在我明白了！"

"我们要悄悄地爬进管家的备餐间！"鼹鼠叫了起来。

"带上手枪、剑和棍子。"水老鼠大声说。

"然后向他们冲过去。"獾说。

"然后狠狠打，狠狠打，狠狠打！"蛤蟆欣喜若狂，一边喊，一边在房间里一圈一圈地跑，跳过一张又一张椅子。

"很好，"獾又恢复了冷静，干巴巴地说，"战斗方案就这么定了，你们也没什么好争好吵了。现在已经很晚了，你们全都马上睡觉去吧！我们明天再安排要做的事。"

蛤蟆便顺从地和其他两个人上床睡觉，虽然他兴奋地睡不着，但这个时候他明白应该乖乖听话。他经历了长长的一天，许多事情就那么集中地发生在这一天。

床单和毛毯都是那么友好，那么称心，而他在阴森森的地牢里，睡的可只有稀疏的一些稻草，稻草就铺在石板地上。所以，他把头放到枕头上没有几秒钟，就发出了愉快的呼噜声。

自然，他做了许多梦。有那些在他需要的时候却从他身边跑开的大路；有那条追赶他而且抓住他的运河；有一条船，在他大摆宴席的时候，装着让他洗一个礼拜的衣物闯进了宴会厅；还有，他独自一个在地道里往前走着，可是地道歪歪扭扭；最后，不管怎样，他还是回到了蟾宫，胜利归来，安全无恙，他所有的朋友都围拢过来，迫不及待地向他祝贺，他是聪明绝顶的蛤蟆。

由于他第二天很晚才起来，在下楼时，发现其他人都已经吃过早饭了。鼹鼠一个人不知溜到什么地方去了，没有说他的去向。獾坐在一张靠背椅子上，读着报纸，丝毫不关心今晚的行动。

水老鼠则在房间里劳碌地忙前跑后，手里抱着各种武器，在地上分成四小堆，一边跑，一边嘴里激动地念念有词："这剑给水老鼠，这剑给鼹鼠，这剑给蛤蟆，这剑给老獾！这枪给水老鼠，这个给鼹鼠，这武器给蛤蟆，还有这个给老獾！"等等，抑扬顿挫，节奏分明，那四个小堆渐渐地越堆越高。

"这么做非常好，水老鼠。"獾从报纸边上看着忙碌的小动物说，"我们先放过那些带着枪的白鼬，该死的，我敢保证，我们不会需要什么剑呀！手枪呀！我们四个，带上棍子，一旦进了餐厅，就可以在五分钟内把他们统统消灭干净。我本该独自干的，只是实在不愿剥夺你们参与的乐趣罢了！"

"可是多道保险没什么坏处啊！"水老鼠若有所思地说，一边用袖子擦拭着枪杆子，一边来回打量着。

蛤蟆吃过早饭后，就拿起一根棍子向假想敌打过去。"我要学他们偷我的房子！"他喊着，"我要学他们，我要学他们！"

"不要说'学他们'，蛤蟆。"水老鼠大为震惊，"正规话不是这么说的。"

"你老是挑蛤蟆的刺做什么？"獾有点恼火地说，"他的话怎么啦？跟我说的话一样。如果我用得顺口，那么你们也应该这么说！"

"我很抱歉，"水老鼠谦卑地说，"我只是想，应该是说'教训他们'，而不是'学他们'。"

"但是我们根本不想教训他们的，"獾答道，"我们想学他们——学他们，学他们！而且，我们不光是想，我们还会去做！"

"噢！很好，随你们的便。"水老鼠说，他自己也被弄糊涂了。这时，他退到了一个角落里，只听他自己在嘀咕："学他们，教训他们，教训他们，学他们！"直到獾厉声喊停。

这时鼹鼠蹦蹦跳跳地走进来，一副洋洋自得的样子。"我玩得真开心！"他一进来就说开了，"我把那些白鼬逗得心惊肉跳！"

"那你做得很谨慎吧！鼹鼠。"水老鼠着急地说。

"那当然啦！"鼹鼠自信地回答，"早上我进厨房，想给蛤蟆的早餐保温。我发现，他昨晚来的时候穿的洗衣妇行头挂在壁炉前的毛巾架上。我就把它穿上了，还把那顶女帽戴上，把围巾披上，然后我就大胆向蟾宫出发了。

"那些岗哨正在瞭望，当然，他们都带着枪，问我：'来人是谁？'还有其他一些废话。'早上好，先生们！'我非常尊敬地说，'今天有衣服要洗吗？'

"他们十分傲慢地看着我说：'走开，洗衣妇！执勤的时候，没有衣服可洗。''那么，我改日再来好吗？'我说。哈哈！我滑稽吗？蛤蟆？"

"可怜的轻浮的动物！"蛤蟆高傲地说。实际上，他对鼹鼠刚才的行为妒忌得不得了。假如他不是想晚了一步，不是睡过了头，那么胜利就属于他了。

"有几头白鼬脸都涨红了，"鼹鼠接着说，"负责的军士对我简短地说，'现在快走开，我的好太太，快走开！不要让我的人在值勤期间闲谈。''快走开？'我说，'要快走的不是我，我很快就要回来了！'"

"噢！鼹鼠，你怎么可以这么做？"水老鼠懊恼地说。

"我可以看到他们都竖起了耳朵，面面相觑，"鼹鼠接着说，"军士对他们说，'别理她，她说些什么自己都不知道。'

"'噢！真的吗？'我说，'好吧！让我来告诉你们吧！我的女儿为獾先生洗衣，这点可以证明，至于我说得是否正确，你们也马上就会清楚！有一百头嗜血的獾，带着步枪，今晚就要进攻蟾宫了，他们将从围场进攻；还有满满六条船的水老鼠，带着手枪和短剑，从水路攻来，在花园登陆；还有一批精心挑选的蛤蟆，人称'敢死队'，或者叫'可杀不可辱的蛤蟆队'，他们将袭击果园，扫荡一切，呐喊报仇。

"'等他们把你们都收拾了以后，那你们的确没有什么好洗的了，除非你们趁早清场！'说完我就跑开了，跑到他们看不见的地方躲了起来，不一会儿我就沿着水沟悄悄地溜回去，透过篱笆看他们。他们全都紧张得不得了，马上四散逃逸，他们互相指手画脚，没有一个听命令的。

"军士一会儿派几队白鼬去宅第深处值班，一会儿又派另几队白鼬去把他们带回来，只听他们相互在说：'黄鼠狼就这个德性，他们舒舒服服地待在宴会厅里，又吃又唱，载歌载舞，好不快活！而我们呢！还得在又冷又黑的外面站岗放哨，最后，还保不了被嗜血的獾切成碎片！'"

"噢！你这个蠢驴，鼹鼠！"蛤蟆喊道，"你把整个计划都给说出去了！"

"鼹鼠，"獾冷静而又干巴巴地说，"我看，你的小脑袋就比某些动物的便便大腹更有见识。你干得很好，我开始对你寄予厚望。好鼹鼠！聪明的鼹鼠！"

蛤蟆简直快要被气疯了，特别是他还没有认识到鼹鼠的做法有什么好的。还好，当他正想发脾气，或者正要暴露自己讨獾的讽刺时，吃午餐的铃声响起来了。

这是顿简单的午饭——火腿煮蚕豆，外加通心粉布丁。差不多吃完的时候，獾坐到了一张靠背椅上说："好，今晚的任务已经分配清楚，等我们把事情搞定，可能已经很晚了，所以，我要抓紧时间，小睡片刻。"

说着他就把一块手绢盖到脸上，很快就呼噜声大作了。

性急而劳心的水老鼠又开始了他的准备工作——在那四堆武器之间跑来跑去，一边跑一边还小声嘀咕着："这武装带给水老鼠，这武装带给鼹鼠，这武装带给蛤蟆，这武装带给老獾！"

就像这样，他每添一件装备，差事就好像更没完没了了。而鼹鼠索性挽起蛤蟆，拉他到屋外，把他推到柳条椅子上，让蛤蟆从头到尾把历险故事给他讲一遍，这是蛤蟆最乐意不过的事了。

鼹鼠是个好听众，蛤蟆呢！反正这会儿没有别的动物来对证，也没有谁会恶意批评他，他就得意洋洋地讲了起来。其实，他讲的故事不外乎这种类型——要是我早点想到，而不是十分钟以后，情况会如何如何。

这些总是最好、最酷的历险故事。我们的历险故事为什么不是这样呢？也许某些荒唐的事情，最后真会发生呢！

快乐的结局

天黑了下来，水老鼠激动而又神秘地把大家聚集在客厅，让大家把装器都装备起来。他们干得十分认真，一丝不苟。一切都准备就绪之后，獾一手拿着一盏有着遮光装置的提灯，另一只手拿着一根大棒，回头对大家说："好了，跟着我！一切准备就绪，鼹鼠在前，因为我对他很放心，然后是水老鼠，蛤蟆断后。"

就这样他们出发了。

在獾的带领下，他们沿着河往前走了一会儿，突然发现河岸对面上有一个高出水面的洞，于是他们转身跨过河沿，钻进了那个洞内。鼹鼠和水老鼠默默地跟在后面，他们学着獾的样子，侧转身子，也顺利地钻入洞内。

可是轮到蛤蟆时，他竟然滑倒了，扑通一声跌进水中。朋友们把他拉进洞，匆匆给他擦干水，把衣服拧干，又安慰他一番，扶他站起来。但是，獾却大发雷霆，告诉他，只要他再出一次洋相，就一定把他丢下。

在他们共同努力下，终于进入了秘密通道，一场令人振奋的战斗奏响了序曲！地道内冷湿黑暗，狭窄低矮，他们摸索着往前走，边走边竖着耳朵倾听着，爪子搭在手枪上。

可怜的蛤蟆一方面由于害怕将要发生的事情，一方面因为他全身湿透了，开始颤抖起来。因为灯笼在獾的手里，所以亮光在前边很远的地方。

黑暗中，蛤蟆慢慢地落到了后面，他听到水老鼠在向他发出警告："蛤蟆，快点！"

他一阵恐慌，害怕被孤零零地留在黑暗中，便飞快地向前走去，结果撞倒了前边的水老鼠，水老鼠又撞倒了鼹鼠，鼹鼠又撞倒了獾。一时间大家乱成了一团。獾以为有人从背后来袭击他们，想挥动棍子，可是洞内地方太小，根本用不上棍子和弯刀，所以他就拔出手枪，准备朝蛤蟆待的地方射击。

当他弄明白事情的真相以后，简直快要气疯了，他说："这次无论如何要把这讨厌的蛤蟆留下！"

蛤蟆呜呜地哭了起来，鼹鼠和水老鼠也答应照看好他，不让他再出岔子，獾终于平静了下来。答应带上蛤蟆一块儿走，于是这次水老鼠主动走到了最后面，并且肩负起照看蛤蟆的重任。

也不知道过了多长时间，獾终于说道："现在我们差不多已经到了宴会厅下面了。"

就在这时，他们听见了从头顶上响起的一阵嘈杂声。獾说："这帮家伙正在纵酒狂欢呢！看来我们的机会来了！"

因为宴会厅里喧闹声震天响地，所以他们根本用不着担心会被人听到。

獾说："好了，弟兄们，大家一起用力！"

他们四个一起用肩膀顶着洞门，将它撞开。当獾带着鼹鼠他们钻出地道的时候，发现自己正站在厨房里，和宴会厅只隔着一扇门。

他们透过厨房和宴会厅的门，很清楚地看到黄鼠狼他们一边吃喝狂欢，一边拿蛤蟆当笑料——他们把蛤蟆当做一个愚蠢、可笑而又无能的家伙。

蛤蟆越听越有气，恨得咬牙切齿，他低声说道："让我来对付他们！"

獾好不容易才把他拉住，然后说："大家都做好准备！"只见獾挺直身板，双爪紧紧抓着大棒，眼光逐一扫视他的同伴，大声叫道："时候到了！跟我来！"他猛地一脚踢开了客厅的大门。

这一声巨响，使整个宴会厅顿时叫声四起！在四位英雄怒气冲冲大步跨进大厅的那一刻，惊恐万状的黄鼠狼有的往桌下钻，有的发疯一般往窗户上蹿，黑足鼬发狂般地冲向壁炉，结果却绝望地挤塞在烟囱内！桌椅被撞翻，玻璃瓷器杯盘哗啦啦地摔碎在地上……

身材魁梧的獾，胡须直立，嗖嗖地挥舞着大棒；鼹鼠怒气冲冲，冷酷无情，边打边高声呐喊："鼹鼠来也！鼹鼠来也！"

水老鼠腰间的皮带上插满了各式武器，在激战中勇往直前。蛤蟆由于激动和自尊心受到伤害而发了狂，他身体鼓胀到了平时的两倍，跳到空中，发出高声鸣叫，使敌人胆战心惊！

激烈的战斗在喊叫声中结束了，那四位英雄在客厅中仍仔细搜寻，只要看见脑袋就重重地当头一棒，五分钟之后厅内敌人已被扫除干净了。透过破碎的窗户，隐约传来惊恐的黄鼠狼从草坪上奔逃时发出的尖叫声。客厅的地上俯卧着几十个敌人，鼹鼠正忙着给他们戴上手铐，獾倚靠在那根大棒上擦着额头上的汗。

这时獾对鼹鼠说道："鼹鼠！你今天表现最好！现在你到外面去查一查那些站岗的白鼬，看他们在做什么。我一直在想，今天多亏了你，我们才没有必要去对付他们！"

鼹鼠立刻从窗子跳了出去。獾又吩咐水老鼠和蛤蟆把桌子扶起来，然后像往常一样平静地说："好饿啊！我说蛤蟆啊，我们拼命把房子给你抢了过来，你就不给我们弄点儿吃的？"

蛤蟆心里酸酸的，因为獾没有表扬他，却称赞鼹鼠，说他是好样的，打仗勇敢。蛤蟆一直沾沾自喜地认为自己干得很出色，尤其是一棒就把黄鼠狼头子打得飞过了桌子。

不过他还是听从獾的吩咐，和水老鼠一起去找吃的，不一会儿他们就找到了盛在玻璃盘中的一些番石榴果冻，一只冷鸡，一条几乎没动过的牛舌头，一些酒浸果酱布丁，许多龙虾色拉，还在厨房里意外地发现了满满一篮法式小面包，许多奶酪、黄油。

这会儿，他们正准备吃饭，只见鼹鼠抱着一大堆枪支得意地走了进来，他报告说："一切都已结束。据我了解，那些白鼬早已是惊弓之鸟，所以一听见宴会厅里传出的尖叫声和喧闹声，其中一些立刻就扔下枪支逃跑了。剩下的白鼬站了一会儿，看到黄鼠狼朝他们跑来，便马上产生了一种上当受骗的感觉。

"他们扭住黄鼠狼，而黄鼠狼则想逃跑，所以双方又是动拳头，又是动腿，在地上滚来滚去，差不多全都滚到了河里！他们现在一个个都不见了，我就把他们的枪支捡了回来。现在没事了！"

獾的嘴巴里塞满了鸡肉与蛋糕，看见鼹鼠进来，便大声说道："你真是好样的！不过，在你坐下来和我们一起吃饭之前，还要让你干一件事。若不是我知道你能尽心尽职地把事情办好，我是不会再麻烦你的。

"我要你将地上这些家伙带到楼上去，让他们把卧室收拾一下，弄得整齐、舒适，并且记得把床底下扫干净，换上新的床单和枕套，再把床罩的四角掖到床垫子下面，然后再让他们给每个房间配好一罐热水，还有干净的毛巾和新的肥皂。

"等这些做好后，你要是愿意，就给他们每人一拳头，把他们从后门赶出去。我想我们是不愿意再见到他们了。办完这些后，你就可以下来了，下来后，我好好奖赏你噢！鼹鼠，我对你十分满意！"

鼹鼠捡起一根棍子，让俘虏们排成一行，把他们带到了楼上。过了一会儿，他面带笑容地回来了，他说："房间都准备好了，搞得就像新房子一样干净。不过我没有揍他们。"

他又加上一句："我觉得他们这一晚挨了不少揍，而且对我的要求也没有提出任何异议。他们说再也不会给我添麻烦，并说他们十分后悔。他们还说，过去那些事情都是黄鼠狼头子和白鼬的过错，如果要他们做什么弥补过失的事情，我们只要开口就可以了。就这样，我给了他们各自一个面包卷，让他们从后门出去了。"

说完鼹鼠把椅子拉到桌边，埋头吃着冻牛舌。

蛤蟆此时也早已心平气和了，他从内心感激鼹鼠，诚恳地说："亲爱的鼹鼠，我真诚地感谢你今晚的帮助，我还要特别感谢你今天上午的神机妙算！"

獾听了这些话心里十分高兴，他说："我们勇敢的蛤蟆终于说出了真心话！"

接着蛤蟆又对朋友们说了许多感谢的话，然后安排大家各自安歇。

第二天早晨，蛤蟆因贪睡，很晚才下楼来吃早饭。结果，他发现桌上除了一堆鸡蛋壳、几块已经咬不动的烤面包和空了四分之三的咖啡壶之外，几乎没有什么别的可吃的东西了。

隔着餐厅的落地窗，他看到鼹鼠和水老鼠正坐在草坪上的柳条椅中，一会儿哈哈大笑，一会儿高兴得把小腿朝空中乱蹬，显然他们是在讲故事。

獾坐在扶手椅上看着报纸，见他进来，只是朝他点了一下头。蛤蟆知道獾的脾气，所以径直坐下来，为自己做了一顿最好的早饭。

他在心里嘀咕着：我决不能让自己吃亏。看见他吃得差不多了，獾抬起头对蛤蟆说道："按照惯例，你应该马上举行一次宴会庆贺这件事。"

蛤蟆马上说道："那太好了！我十分愿意效劳。但是，我不知道具体该做些什么。"

獾说："宴会在今天晚上举行，现在你必须写请帖，并且尽快发出去。"

于是蛤蟆就开始动手了，终于在中午之前把请帖全部写完了。就在这时，他听到报告，说门口有一只小黄鼠狼，穿着又脏又湿的衣服，小心地问能不能为先生们效力。

蛤蟆大摇大摆地走出去，看到外面的小黄鼠狼，原来是前一天晚上抓到的一个俘虏，他正毕恭毕敬地站在那里，一副讨好的样子。

蛤蟆拍拍他的脑袋，将那些请柬塞到他的手中，让他尽快分发出去，并且说，如果他晚上再来的话，也许能得到一个先令的赏钱，不过那要看他表现怎样。这只可怜的小黄鼠狼欢天喜地地跑去执行他的任务去了。

獾、水老鼠和鼹鼠三个朋友在河上玩了一上午，回来吃午饭时，脸上都带着欢喜的笑容。鼹鼠由于觉得过意不去，所以特别注意蛤蟆，以为他会伤心、沮丧。

不料，蛤蟆竟然满脸喜色、洋洋得意，鼹鼠不由得起了疑心。水老鼠则与各位互相意味深长地交换了一下眼色。

刚吃完饭，蛤蟆就开始他的计划了，若无其事地说："伙计们，你们随意吧！有什么要求尽管提！"

说完，他就大摇大摆地朝花园走去，打算在那里构思一下晚上的演说。忽然水老鼠拉住了他的胳膊，蛤蟆料到他想干什么，试图摆脱他，但看到獾也紧紧地抓住了自己的另一只胳膊，他便知道情况不妙。

蛤蟆被他俩带进了吸烟室，关上门，让他坐在椅子上，然后站在他面前。蛤蟆则默默地坐着，疑惑而又恼怒地看着他俩。

水老鼠说："听着，蛤蟆，现在我们要谈的是有关宴会的事。我们知道你为自己设计了许多可以自我表现的节目，但是我们希望你完全彻底地明白，今晚宴会上没有演讲，也没有歌唱。你要懂得，这一次我们不是和你争论，而是命令你。"

蛤蟆感到非常委屈，他知道他是怕他们的，他明白自己已无路可走了，因为他的朋友们不仅了解他，而且能看穿他。

他可怜巴巴地恳求道；"我能不能只唱一首短歌？"

虽然水老鼠看到可怜的蛤蟆失望地嘴唇颤抖时，他的心在流血，但他还是毅然决然地说："不行，一首短歌也不行。你很清楚，你的歌都是些自高自大、自我吹嘘和虚荣透顶的东西，你的讲演也都是些自我标榜和夸大之词和……"

獾用他那惯用的语气附和道："吹牛！"

水老鼠接着说："我们这都是为了你好。你知道你必须翻开新的一页，现在恰恰是你重新开始的极好时机，这是你生活历程中的重要转折点。"

蛤蟆静静地坐在那儿，他陷入了沉思，他的面部表情可以告诉我们他内心的复杂。

过了一段时间，蛤蟆断断续续地说："你们征服了我，我的朋友。原来我只是想再出一晚上的风头，随心所欲地听听热烈的掌声。我总觉得这掌声，能使自己显示出最好的品质。但是，我知道，你们是对的，我错了。从今以后我要改过自新。朋友们，你们再也不会为我感到脸红了！不过，我的朋友，这世道可真艰难啊！"

他把手帕紧贴在脸上，脚步踉跄地走出了吸烟室。

蛤蟆走后，水老鼠对獾说："我们这样做是不是太过分？"

獾忧伤地说："我也不想这样。但是，必须这样做，难道我们愿意看到他成为众人的笑柄吗？"

蛤蟆离开了獾和水老鼠之后，独自回到自己的卧室，他坐在那儿，忧郁地沉思。他把额头支在爪子上，久久地凝思着。渐渐地他的脸色开朗了，笑容开始缓缓地爬上了面庞，随后又难为情地咯咯地笑了起来。

他终于想明白了，于是他走出自己的卧室，以一种崭新的姿态向客厅走去。

宴会如期举行了。当蛤蟆走进客厅时，所有的客人都欢呼起来，他们围着蛤蟆向他表示祝贺，赞扬他的勇气、智慧和勇敢……对此蛤蟆只是淡淡地笑着，礼貌地表示感谢。

水獭正站在炉前地毯上与朋友侃侃而谈，当他看见蛤蟆时，大叫一声走上前来，用胳膊搂着蛤蟆的脖子，想领着他在客厅里做一次凯旋般的巡行。

可是蛤蟆拒绝了他的请求，轻声说道："獾才是决策人物，鼹鼠和水老鼠在战斗中冲锋在前，我只是在阵中效力而已，所做甚少，甚至无所作为。"

大家对蛤蟆这种出乎意外的谦逊态度都感到大惑不解。

宴会十分成功，大家开怀畅饮，玩笑逗乐，谈笑风生。蛤蟆一个劲儿地要客人们多吃美味佳肴，并就大家关注的一些话题与客人闲聊，还关切地问候他们那些年龄尚幼、没能参加这次社交聚会的家庭成员。

面对蛤蟆的改变，朋友们都非常惊讶，同时又也为他高兴，他完全没有了以前的傲慢和高傲。

这次盛宴之后，獾、水老鼠、鼹鼠、蛤蟆又恢复了往日的生活。虽然他们的生活曾一度受到了内战的破坏，但他们现在一直快乐、心满意足地生活着，不再受任何干扰。

蛤蟆在征求了朋友们的意见后，挑选了一条漂亮的金项链和一个镶了珍珠的首饰盒，连同一封充满了感激的信一起送给了狱卒的女儿，这封信写得连獾看了都觉得十分谦虚。

火车司机也得到了相应的酬谢，以感谢他所受的辛苦和麻烦。在獾的严厉督促下，虽然几经周折，蛤蟆还是找到了那个撑船的女人，赔偿了她的马，所支付的钱款对蛤蟆来说并不是什么困难的事，而且根据当地的估价员计算，那个吉卜赛人出的价也是比较合理的。

平静的生活，常常让獾、水老鼠、鼹鼠、蛤蟆感到乏味，而且日子有些单调和无聊。于是，他们便时常欢快地聚在一起，乘着夏日里美妙的夜色，在野树林里漫步。

现在野树林对于他们来说已经不再那么可怕了，林中的动物都恭敬地和他们打招呼……总之，他们尽情地享受着自然和生活带给他们的幸福与快乐。